Fabiane Ribeiro



# CIDADE DOS SONHOS

São Paulo
2018

Grupo Editorial
UNIVERSO DOS LIVROS

Diretor editorial: **Luis Matos**
Editora-chefe: **Marcia Batista**
Assistentes editoriais: **Aline Graça e Letícia Nakamura**
Preparação: **Geisa Oliveira**
Revisão: **Juliana Gregolin e Francisco Sória**
Arte: **Aline Maria e Valdinei Gomes**
Capa: **Rebecca Barboza**

Dados Internacionais de Catalogação na Publicação (CIP)
Angélica Ilacqua CRB-8/7057

---

R369c
Ribeiro, Fabiane
Cidade dos sonhos / Fabiane Ribeiro. - São Paulo : Universo dos Livros, 2018.
160 p. : il.

ISBN 978-85-503-0171-6
1. Literatura brasileira 2. Órfãos – Crianças – Ficção I. Título

---

18-0101 CDD B869

Índices para catálogo sistemático: 1. Literatura brasileira

**Universo dos Livros Editora Ltda.**
Rua do Bosque, 1589 – Bloco 2 – Conj. 603/606
CEP 01136-001 – Barra Funda – São Paulo/SP
Telefone/Fax: (11) 3392-3336
www.universodoslivros.com.br
e-mail: editor@universodoslivros.com.br
Siga-nos no Twitter: @univdoslivros

"De sonhar ninguém se cansa, porque sonhar é esquecer, e esquecer não pesa e é um sono sem sonhos em que estamos despertos."

Fernando Pessoa, *Livro do desassossego*

Lembro-me bem desse dia. Estávamos passeando quando começou a chover muito forte e tivemos que passar um bom tempo nos escondendo. Eu e meu querido priminho, Gabriel. Para nossa surpresa, um simpático amigo buscou abrigo da chuva junto de nós, sob as árvores e quiosques: o "senhor Tucano". Ficamos longos minutos na companhia da ave, que nos encarava bem de perto e até me deu algumas bicadas gentis na mão. Logo depois, quando a chuva finalmente parou e fomos passear ao redor do lago, em meio à brisa fresca que agora nos envolvia, encontramos novamente nosso amigo, que veio até nós, querendo mais um pouco da nossa atenção.

Dedico este livro às lembranças daquela tarde, ao meu primo Gabriel, e a este agradável pássaro, o primeiro com o qual conversei.

Também o dedico a todas as crianças órfãs do mundo e a todos os sonhadores, pois a narrativa a seguir é especialmente sobre eles.

Finalmente, gostaria de dedicar esta história ao orfanato que visitei, no interior de Minas Gerais, e ao que ficava na rua de baixo da casa em que cresci, no interior de São Paulo. Eles me inspiraram não só a contar histórias, mas a ver a vida de outra forma.

# Prólogo

## (Ou breves notas sobre a arte de tingir memórias e transformações químicas.)

As regras de boas maneiras dizem que devemos começar pelas apresentações. Mas como posso me apresentar, se não sei qual é o meu nome? Na verdade, não me lembro dele. Confesso que não me lembro de muitas coisas, embora lembranças bonitas e um tanto borradas ainda pairem ao meu redor.

Cada memória tem uma cor. E, conforme elas dançam no meu mundo, vejo um mural colorido se formando, sendo tingido por tudo. Uma paleta de cores permeia a minha vida. As pessoas que conheci. Os lugares que visitei. Os dias que vivi. Os tucanos com os quais conversei.

Tudo isso decora meu mundo com vagas lembranças coloridas de um passado do qual, verdadeiramente, não consigo me lembrar. É como se o céu da noite estivesse tão nublado que não fosse possível vislumbrar as estrelas. Uma ou outra consegue se desvencilhar por um momento daquela barreira e mostrar seu brilho, apenas para ser recoberta por outra densa nuvem em seguida. Enquanto isso acontece, uma nova rajada de brilho, bem ao longe, consegue fazer-se ver novamente.

Assim é minha mente. Um tapete de luzes em formato de memórias, que ocasionalmente escapam e fazem meus olhos brilhar, mas que se recobrem logo em seguida e deixam em mim apenas a sensação fugidia de que a luz ainda está ali, em algum lugar.

Para explicar um pouco melhor como seria se minhas memórias fossem estrelas escondidas, eu diria que, nesse caso, cada estrela teria uma cor no meu céu particular. Eu eu tingiria cada uma delas com as próprias mãos.

Cada memória é individual, pois cada uma tem um gosto, um brilho diferente ou um cheiro que a gente consegue sentir de longe. Quando uma cor, qualquer que seja, colore uma memória da gente, ela a modifica. E é sempre assim que nos lembramos das coisas: uma parcela de verdade mesclada com uma parcela de cor.

Todas as lembranças são tingidas – tanto as mais vagas quanto as muito reais. Estas últimas, infelizmente, não me pertencem mais. Com esforço, consigo pensar em algumas cenas da minha vida, que se traduzem em poesias e se modelam em sonhos.

E é sobre essas coisas das quais não me lembro bem que quero falar com você.

Já adianto que vou colorir, tingir, manchar, mesclar e, talvez, acrescentar um pouco de brilho em cada uma delas. Por outro lado, sinto a necessidade de me desculpar mais uma vez por não me lembrar do meu nome verdadeiro.

Esta é mais uma memória colorida. Eu poderia ter qualquer nome, mas as nuvens não me deixam ver. Sendo assim, não me chame de nada. Não, eu não me chamo "Nada". Apenas não me chame de nada, ok? Não precisa se preocupar com o meu nome. Eu vou falar o suficiente por nós dois e fazer com que você até se esqueça de que não sabe com quem está falando.

Agora, vou parar um pouco para respirar, tomar fôlego e um gole de água. Para falar a verdade, preciso descansar um pouco os punhos. Estou escrevendo tão rápido que eles estão doendo.

Ufa! Como é complicado colocar lembranças coloridas em um papel. Sinto como se estivesse costurando palavras, com linha e agulha, mesmo com elas insistindo em se desprender e voar para a Terra do Nunca. Perdi-me tanto entre meus rabiscos essa noite que é difícil reencontrar-me.

Um caminho bom para conseguir isso seria por meio daquilo que amo: as palavras. Então, já que acabei de falar sobre algo que realmente é parte de mim de verdade, podemos considerar isso uma apresentação, certo?

Muito prazer. Sou uma narradora de sonhos, contadora de histórias, desenhista de palavras, tradutora da alma, verdadeira poetisa (daquelas que ainda encontram paixão nos versos). E pintora de memórias, claro, assim como você.

Eu gosto de brincar. Gosto de várias brincadeiras. Contudo, nenhuma é tão divertida quanto brincar com as palavras. A história que precisa sair de dentro de mim, neste momento, acabará por se transformar nas linhas a seguir. Prometo costurar todas as palavras no papel, para que não fujam com o vento e se percam.

Acho isto até um pouco engraçado. Mas, voltando à história que vou contar, peço que não se engane, pois ela é real, embora às vezes não pareça. Ela fala de sonhos e realidade, e também de devaneios (minha parte preferida).

Dizem que quando desejamos algo de todo o coração, esse sonho se torna realidade. O que acontece, então, quando muitas pessoas têm exatamente o mesmo sonho?

Aí entram os meus rabiscos...

A história que vou contar se passa em uma cidade originada de um sonho em comum que se tornou realidade. Sim, foi o sonho, o desejo mais íntimo do coração de cada criança órfã do mundo, que acabou por tornar real a existência de certo lugar.

Muitas crianças querem um brinquedo novo, um jogo mais moderno, assistir a uma peça divertida de teatro ou ganhar um pedaço maior de sobremesa. Outras desejam uma família. Um abraço quente, um carinho. Um colo pra chorar. Mãos para lhe afagar o topo da cabeça. Ter alguém em quem se espelhar.

Parece simples, mas é um desejo real para muitas delas. Meu coração chega a doer quando penso nisso. Um desejo real. Um sonho tão intenso e presente em tantos corações que acabou por se solidificar. Quimicamente falando, o sonho era como um fluido que se tornou líquido, na forma de lágrimas dos pequenos corações que as moldavam, e depois se solidificou.

Bem, vamos parar de falar de Química, pois, como você percebeu, sou péssima nisso. Voltemos às palavras e comecemos pelo "Era uma vez...".

Era uma vez um lugar do qual nunca ninguém ouviu falar (provavelmente muito distante de onde você está agora, mas muito mais perto do que imagina). Um local em que viviam muitas crianças de origem desconhecida, onde o sol brilhava forte no céu, sem uma nuvem sequer, o ano todo. Uma cidade envolvida por um largo abraço do oceano. Dizem, ainda, que as ondas do mar e a areia da praia cantavam. Tudo lá parecia mágico de alguma forma.

Muitos podem não acreditar, mas a verdade é que aquele lugar ganhou vida a partir dos sonhos de todas as crianças do mundo que não tinham uma família: ali elas poderiam ter pais. Alguém para colocá-las na cama para dormir, contar histórias, levá-las para brincar na areia cantante da praia, ensiná-las sobre a vida, as cores, os amigos, as danças, o sol.

Naquela cidade, os abraços que as crianças órfãs sonhadoras tanto desejavam eram reais. Elas sentiam na pele o calor e o amor desses gestos. As vozes dos pais, sussurros presentes apenas na imaginação, tornavam-se companheiras reais de cada instante de seus dias. Aqueciam-nas mais do que o sol, que jamais deixava de brilhar.

Se quando os sonhos bons acontecem temos a sensação de estarmos vivendo um conto de fadas, imagine o que acontece quando um sonho coletivo se torna real. Ele vai além do sonho, pois sua força é tremenda.

Assim, naquela cidade, que era nada mais do que um sonho grande e palpável, o sonho dos órfãos ia além. Eles não apenas passavam a ter pais. Mais do que isso. Eram eles que adotavam os próprios pais.

Pena que mesmo o sonho mais lindo às vezes é entremeado por vestígios confusos de pesadelos, que querem embrenhar suas garras naquilo que é luz, chegando sorrateiramente à noite. Pena que as nuvens um dia aparecem até no céu mais azul, e os raios do sol então se dissipam e a gente observa o brilho se perder. Pena que para dizer que algo é bom é preciso conhecer o que é ruim.

Em uma caixa de lápis de cor existem tantas opções que podemos, inclusive, encontrar algumas que não nos agradam. E essas cores indesejáveis podem tingir lembranças, tornando-as ainda mais desagradáveis para nós.

Como eu vi com meus próprios olhos, é preciso saber da existência das trevas quando se quer andar na luz. Pois, nessa cidade, mesmo tão perfeita, as garras de um pesadelo tentaram dizimar o sonho colorido das crianças cheias de esperança, sufocando-o com as próprias mãos. E é exatamente aí que começa a nossa história.

Na fusão do sonho e do pesadelo. Das cores e das trevas.

Uma de nossas crianças, o pequeno Toby, cuja trajetória tive o prazer de conhecer (e agora poder relatar), estava prestes a subir as montanhas, visitar os orfanatos e adotar seus futuros e amados pais.

Ele era um garoto feliz, que gostava da luz do sol. Pena que estava tão distraído com sua felicidade que não teve chance de ver as nuvens se aproximarem.

Acredito que esta apresentação ficou longa demais. Estou satisfeita com o que já consegui contar a você, mas sinto que é hora de tomarmos um rumo definitivo e mergulharmos nas lembranças borradas desse sonho solidificado por reações químicas extraordinárias e surreais.

Eu já mencionei os tucanos, certo? Espero que você não tenha se esquecido de nenhum detalhe sobre como esta história funciona – as cores, os sonhos, a realidade, as nuvens que cobrem tudo...

Certo, agora você está pensando quem sou eu para pedir que não se esqueça de nada, quando, na verdade, eu mesma não me recordo das lembranças em questão. Bem, posso ser esquecida, mas sou boa para dar conselhos. Não se pode ser boa em tudo, não é? Caso, então, você tenha entendido todos os detalhes de nossa história real até aqui, vire a página.

Eu o encontrarei lá.

# A Cidade dos Sonhos

*Mas você deve estar se perguntando como, em uma cidade originada dos sonhos de crianças, era possível haver preconceito, desigualdade e pais fadados ao abandono e descaso para sempre? É simples. Passaremos a chamar esses acontecimentos de "antissonhos".*

Toby não sabia quantos anos tinha. Nem quando, como ou em que lugar havia nascido. Sabia apenas que era uma criança. Todos que viviam naquela cidade desconheciam suas origens. Ele adorava o céu azul e o sol forte de lá, que intensificava ainda mais o brilho do mar a cada manhã.

Ali, não havia dias nublados ou chuvosos, porque assim desejavam as crianças da Terra, que tinham construído aquele lugar com seus sonhos. As crianças órfãs do mundo real preferiam dias de sol por dois motivos: primeiro, porque aumentava o número de visitas nos orfanatos e, dessa forma, a chance de ganhar uma família. Segundo, porque alegavam que nos dias frios, cinzentos e chuvosos, sentiam ainda mais falta de um colo para deitar, de um cafuné de mãe ou brincadeiras de pai. Um chocolate quente preparado com carinho, então, nem se fale.

Dessa forma, na Cidade dos Sonhos (como era conhecida por seus habitantes), só havia dias de sol. Parece uma maravilha, não é? Porém, com o tempo, muitos foram descobrindo que não bastava o sol estar no alto, forte e imponente. Era preciso abrir o coração para deixar sua luz entrar. E nem todos estavam prontos. Mesmo com o sol brilhante originado dos sonhos, em alguns corações, caía uma tempestade.

Vamos, então, dar um passeio para conhecer essa cidade e ver como tudo funciona. Você jamais compreenderia a história de Toby se antes não soubesse como é o lugar onde ela se passa. E, já vou avisando, trata-se de um lugarzinho peculiar de tão especial que é.

A Cidade dos Sonhos repousa tranquila em seu leito junto ao mar. Os primeiros raios do sol despedem-se da lua, que, como sempre, reinou absoluta pela noite. Seus moradores vão, lentamente, despertando para iniciar um novo dia.

Na cidade, existe uma via principal, chamada Avenida dos Picolés. Lá, estão os maiores atrativos do local: lojas com doces, jogos, brincadeiras e uma infinidade de brinquedos, que se espalham em ambos os lados da movimentada avenida.

Entremeiam-se às lojas várias sorveterias – sim, com picolés para todos os gostos. Existem picolés de várias cores, formas e sabores. Os sorveteiros dizem que o mais disputado é o de melancia em formato de estrela-do-mar. Afinal, uma melancia é grande o suficiente para uma família inteira comer.

O mar é um ótimo lugar para brincadeiras e, no caso da Cidade dos Sonhos, para se ouvir boa música. Existem também diversos cinemas, com montes e montes de pipoca distribuídos gratuitamente. São exibidos desenhos e filmes engraçados, e da calçada é possível ouvir os risos das crianças.

Pelas ruas, há anúncios de peças de teatro, de apresentações de coral e dos filmes do mês, além de campanhas estimulando a adoção consciente dos pais. Também há diversos parques, um circo e uma única e grande escola. Todas as crianças estudam juntas e são amigas.

Canteiros coloridos, com diversas flores, desenhos dos próprios moradores e ursos de pelúcia gigantes adornam cada uma das esquinas. Palhaços sempre andam por ali, fazendo graça, trazendo alegria e distribuindo balas. Em diversos pontos das ruas, podem ser encontrados estacionamentos para bicicletas e patinetes, além de muitas lixeiras para os papéis de balas e pirulitos.

Bem no centro, fica a prefeitura da Cidade dos Sonhos. E seu prefeito é o Arturzinho. Ele é sempre agradável, engraçado e tem tempo e disposição para ouvir as sugestões de seus moradores. As maiores reivindicações são: reduzir o custo da entrada do cinema ou aumentar o número de estacionamento para bicicletas, assim como controlar a inflação da bananada.

Ah, sim. Já ia me esquecendo. Não existe dinheiro por lá, tudo que se deseja obter é negociado com bananadas. Sim, bananada, o doce.

O único problema é quando as crianças resolvem comer suas bananadas. Esse é sempre o motivo das filas enormes no banco: empréstimos para consumo próprio. As bananadas quase sempre tiram o sono de Arturzinho e seus assessores.

Em frente à prefeitura, encontra-se a praça central, ou Praça dos Anjos, como é chamada. Ela possui um lindo e enorme chafariz em formato de anjo. É um anjo menino, que cospe água. Ao redor dele, estão inúmeros canteiros perfumados, com coelhos brancos que vivem entre as flores. Eles ganham tantas cenouras das crianças que acabam não comendo as pétalas – na verdade, comem uma ou outra folhinha, às vezes – e são verdadeiros guardiões daqueles jardins perfumados. Existem árvores com folhas coloridas e flores de formatos inimagináveis para você, que nunca esteve ali. Há ainda um coreto, onde o coral se apresenta e Arturzinho faz seus comunicados.

Além dos coelhos que vivem na praça, muitos animais – principalmente os preferidos das crianças do mundo, como cães, gatos e cavalos – habitam a região. Quase todas as crianças têm um animal de estimação. Nunca se ouviu falar de qualquer caso de abandono ou maus-tratos contra os animais. Se fosse o caso, o ato seria tido como um crime tão horrível que nem a maior quantidade de bananadas seria suficiente como multa.

E a Cidade dos Sonhos também tem atrações exclusivas. Por exemplo, as crianças que ainda não adotaram seus pais dispõem de algumas tecnologias e invenções mirabolantes contra a solidão, como é o caso da máquina de histórias da vovó.

Em vários lugares, ao longo das calçadas, estão cabines parecidas com as telefônicas. A criança entra na cabine, que é à prova de som. Dessa forma, ela se desliga de qualquer contato à sua volta. Depois, basta introduzir três bananadas na máquina, colocar os fones de ouvidos e deliciar-se com uma gostosa história da vovó por meia hora. Elas são sempre inéditas, nunca se ouviu falar que alguma tenha se repetido. Ah, e tem mais, por apenas mais duas bananadas é possível comprar meia dúzia de guloseimas da vovó, para devorar durante a "sessão".

E, em se tratando de invenções mirabolantes, há ainda as lojas de aluguel de carinho. Dependendo do tempo desejado, pagam-se mais ou menos bananadas. Os colos são mecânicos, mas desenvolvidos com a melhor tecnologia para proporcionar conforto semelhante ao colo de um pai. A criança acerta o período que deseja ao entrar na loja, escolhe um colo e aconchega-se para a hora do cafuné.

Distante da costa, no lado direito, há uma região montanhosa com diversas colinas. Já do lado esquerdo, ficam... bem, melhor deixar esse assunto para depois.

Voltando às colinas, é lá que estão os orfanatos. Por melhor que eles fossem, a saudade podia ser percebida com o faro. Saudade? Sim. Os pais que ali estavam – esperando anos para ser adotados – sentiam saudade de algo que nunca tiveram: uma família, um filho, um lar para chamar de seu.

Os orfanatos são controlados e administrados por antigos órfãos que, infelizmente, não tinham sido escolhidos como pais e não foram integrados à sociedade, passando a trabalhar ali e a viver nas colinas para sempre, já que não tinham mais idade para ser adotados. E havia preconceito. Os pais que não eram adotados, e atingiam a época limite para tal, passavam a ser chamados de órfãos eternos.

Mas você deve estar se perguntando como, em uma cidade originada dos sonhos de crianças, era possível haver preconceito, desigualdade e pais fadados ao abandono e descaso para sempre? É simples.

Passaremos a chamar esses acontecimentos de "antissonhos". Existem dois tipos de antissonhos. Um deles é formado pelas porções dos sonhos que não foram propriamente sonhadas pelas crianças do mundo, e que acabaram por acontecer. São eventos que os sonhadores simplesmente deixaram de lado, não pensaram a respeito, não desejaram, mas que deram conexão a outros sonhos, tornando tudo possível. O segundo tipo é aquele que surge de sentimentos ruins, inconscientes, como a revolta e o descaso. No caso da administração dos orfanatos, era um antissonho tipo um.

As crianças que originaram a Cidade dos Sonhos nunca pensaram em quem cuidaria dos orfanatos, mas era necessário que alguém o fizesse. Por deixarem de lado essa questão, o sonho se completou por si só e os orfanatos passaram a ser cuidados pelos órfãos eternos.

Sempre que um órfão eterno descia das colinas e ia até o centro, recebia olhares preconceituosos e desaprovadores das famílias que ali viviam. Era um rótulo que levariam para sempre.

Você acreditaria caso eu dissesse que me esqueci de mencionar algo muito importante para nossa história? É claro que você acreditaria, pois já me conhece o suficiente para saber que a memória não é o meu forte. Cá estou, portanto, para fazer um último remendo em nossa colcha de retalhos, deixando-a ainda mais divertida.

Na Cidade dos Sonhos, há uma parte que não se pode encontrar nem em terra, nem no mar. Ou seja, por qualquer meio que você escolha – a pé, de bicicleta, de patinete ou de canoa –, ainda assim, não conseguirá chegar. É o jardim dos tucanos.

Essas aves são muito especiais na região e sobrevoam-na o tempo todo, embora sejam impossíveis de ser seguidas. Elas vivem em um lindo jardim, um tanto tropical e bastante arejado, com mais frutas do que flores. Mas cada criança só consegue ir até esse local quando um tucano a convida, pois chegou o momento mais aguardado de sua vida: a adoção dos pais.

E assim como em cada grande etapa da vida, a adoção deve ser planejada. É necessário se falar a respeito dela com alguém de muita confiança e sabedoria. Por isso, as crianças adoram quando chega o instante de conversar com os tucanos.

# A praia da areia que canta

*A praia da Cidade dos Sonhos era um verdadeiro sonho. Sua areia era tão fina e clara que dava a sensação de se estar andando sobre nuvens de algodão. Além disso, ela formava enormes e intermináveis teclas de piano. Assim, quando as ondas chegavam à praia, ouvia-se uma melodia incomparável.*

Toby acordou com a claridade penetrando pela vidraça de sua casa. Piscou os olhos pequeninos algumas vezes e esticou os braços, com preguiça. Vivia, na verdade, em um pequeno casebre de madeira construído à beira do mar, suspenso sobre palafitas. Ele escolhera aquele local para viver porque era perdidamente apaixonado pelo oceano. Nem sempre fora assim... Mas essa é outra história para mais tarde.

Quando voltava da escola, gostava de sentar na varanda e observar a imensidão azul. O azul da imensidão. O brilho. O sol no alto. Tudo lhe inspirava. Tudo lhe trazia paz. Assim como eu, ele adorava também os versos. Dizia que seria um poeta. Brincaria para sempre com as palavras. Iria eternizar-se nos versos. Ser criança para todo o sempre. Escreveria sobre o azul, sobre o seu azul, o mar que era seu.

A praia da Cidade dos Sonhos era um verdadeiro sonho. Sua areia era tão fina e clara que dava a sensação de se estar andando sobre nuvens de algodão. Além disso, ela formava enormes e intermináveis teclas de piano. Assim, quando as ondas chegavam à praia, ouvia-se uma melodia incomparável.

Toby podia passar horas ouvindo aquele som do mar, que canta junto à areia. Nos fins das tardes, ele pegava sua canoa de madeira e dava uma volta pelas águas calmas, remando ao ritmo das canções do oceano. Observava cada peixinho e cada onda que se formava e, em seguida, se quebrava.

Voltava para casa e ia brincar com seu grande amigo, Cotton. Tratava-se de um adorável pônei que vivia em um compartimento do casebre de Toby. Cotton era tão maravilhoso que parecia ter saído de uma pintura. Tinha manchas marrons entremeadas por uma pelagem branca como algodão (por isso o seu nome), com crina e cauda douradas, lisas e compridas. Era mais que perfeito, um verdadeiro sonho para ter como melhor amigo. Sua crina era dourada como o sol que governava a cidade, do alto. Sem contar sua mansidão e companheirismo.

Assim como o cenário onde vivia, Toby tinha traços delicados e suaves, e encantava por sua simplicidade. Tão simples quanto o azul do mar ao redor de sua casa de madeira e tão bonito quanto a vista da praia encimada pelo sol escaldante era Toby. Tinha a pele bronzeada. Sua face era corada de rosa e os lábios grossos combinavam com seus olhos fortemente esverdeados.

Apesar da aparente perfeição de sua vida junto de Cotton e da praia da areia que canta, ele não tivera a sorte de ter irmãos. Na Cidade dos Sonhos, algumas crianças tinham irmãos desde sempre. E, como tudo mais naquele lugar, desconheciam também suas origens. Sabiam apenas que estavam ali desde o início e que sempre formaram a família um do outro.

Toby desejara por muito tempo ter irmãos para brincar, mas acabara se acostumando com a condição de ser filho único. Na verdade, nem filho ele era ainda. Cotton lhe fazia tão boa companhia que ele se contentava em passar os dias esperando pela chegada de um dos tucanos.

Isso era o que ele dizia. Bem, convenhamos, isso não era completamente verdade.

Eu não sou uma contadora de histórias fofoqueira, mas fiquei sabendo que, no fundo, Toby tinha medo. Ele sofria muito com a responsabilidade de pensar em adotar os pais. Temia fazer a escolha errada. Sabia que as regras eram claras: ele teria que fazer sua decisão de forma consciente, pois não era permitido voltar atrás, mas sabia também que teria os conselhos dos sábios tucanos. Ainda assim, havia sempre uma pequena nuvem pairando em seu coração, como a assombrá-lo, quando pensava no tamanho da decisão que precisaria tomar.

Alguns colegas que já tinham feito sua adoção costumavam chamá-lo de bobo ou medroso, e diziam que a escolha era simples:

– É só ir até o orfanato e deixar que seu coração escolha. Você saberá qual é o seu pai perfeito assim que o vir pela primeira vez – dizia Naomi, uma menina de sua sala, que vivia feliz com os pais que escolhera. – Os tucanos dizem isso, dentre seus muitos assuntos, e aconselham a sempre deixar o coração falar mais alto.

Seu melhor amigo, Caio, já não era tão incentivador, sempre dizia que Toby era sentimental demais e que não estava pronto:

– Talvez por isso os tucanos estejam demorando tanto a visitá-lo.

Para Toby, adotar duas pessoas, levá-las para casa e mudar suas vidas por completo não seria uma tarefa fácil.

Voltando à geografia local, olhemos agora para a esquerda, para aquela parte que eu não queria comentar antes. Havia ali um grupo de radicais que era totalmente contra a adoção. Eles vivam em um casarão, em um bairro afastado da Avenida dos Picolés, e se autodenominavam *rebeldes*.

Do lado direito, como já explicado, ficavam as colinas. Dessa forma, os rebeldes mantinham-se opostos àquilo que mais repudiavam: os orfanatos. Eles defendiam o fato de que os pais tiravam a liberdade das crianças e deviam ser banidos daquela região, para que ela fosse definitivamente uma *cidade de sonhos*.

E como surgiram os rebeldes? Essa é fácil, eu conto para você. Talvez seja uma memória tingida com mais força do que as outras. Eu não saberia dizer. Posso afirmar apenas que se trata do caso mais verdadeiro de antissonho tipo dois.

Algumas crianças do mundo real, que estiveram envolvidas no surgimento da cidade a partir de seus sonhos, acabaram se cansando. No mundo real, elas ficaram tantos anos em orfanatos esperando diariamente a chegada de alguém que as levaria para casa e as amaria que, como isso não aconteceu, se cansaram. Após um período de tristeza, veio outro, de revolta, que fez com que elas passassem a formular sonhos negativos, originando aquele setor à esquerda .

Toby, de tanto pensar se um dia os tucanos viriam até ele e como seria adotar um pai e uma mãe, chegou a pensar em ir até os rebeldes e saber o que eles tinham para falar. Ele sempre pensou que era bom ouvir os dois lados.

– Não! – dizia a si mesmo quando tais pensamentos surgiam. – Não é saudável falar com os rebeldes.

Tampouco quis ouvir opiniões dos grupos que apoiavam a adoção de pais. Havia vários desses grupos na cidade e eles se localizavam principalmente na região central, na Avenida dos Picolés e próximo à Praça dos Anjos.

A união de vários grupos pró-adoção formara uma grande instituição. Os membros realizavam palestras e proferiam discursos no coreto, sempre falando sobre as vantagens de se adotar os pais. Toby ouvira algumas dessas explicações.

Mas, o que mais o intrigava, eram os próprios membros da instituição. Eles eram crianças, já com pais adotados, que diziam ter conhecido a fundo a realidade nos orfanatos e defendiam o seguinte princípio:

"Quando se vai a um orfanato para uma breve visita, ou para tratar da questão da adoção com rapidez, como faz a maioria, tudo parece uma maravilha. Porém, nós buscamos nos aprofundar na realidade daqueles pais e descobrimos que ela não é tão perfeita quanto parece. Para começar a instigá-los a pensar a respeito, sabiam que o sol, o mesmo que reina forte sobre nossa cidade, não é tão forte e claro nas colinas? Talvez elas não sejam exatamente o lugar dos sonhos."

Esse era o típico início de discurso de um membro pró-adoção. Toby conhecia os ideais que eles defendiam. Sabia que não seria útil pedir conselhos a eles para tomar sua decisão. Ele a tomaria apenas com a ajuda dos tucanos – se um dia viessem, de fato. Mas ele não negava que o ponto de vista da instituição de fato o intrigava. Talvez fizesse sentido que aqueles moradores conhecessem melhor o que se escondia naquelas colinas.

Assim, Toby preferia passar horas em frente ao mar, alisando Cotton e contando a ele suas dúvidas, enquanto ouviam a canção das ondas sobre a areia. Ainda que o pônei não respondesse, apenas tê-lo ali, ao seu lado, já era um grande alívio. Infelizmente, considerando-se os animais, apenas os tucanos falavam. Um fato curioso, no mínimo.

Com o passar do tempo, Toby começou a ter a sensação de que sua canoa estava ficando vazia demais. Havia lugar para mais gente. Na verdade, havia lugar para mais duas pessoas. A casa, apesar de pequena, também parecia vazia. E, principalmente, seu coração estava ficando vazio. Ele era uma criança como qualquer outra. Não podia mais negar: precisava de pais.

Decidiu andar sem rumo até o centro, parando em uma cabine para ouvir histórias da vovó. Depois, tomou um picolé de melancia. E mais um, de chocolate. Encontrou amigos pelo caminho, mas disse que precisava ficar sozinho.

Então, silenciosamente, caminhou até a Praça dos Anjos. Ela já estava vazia àquele horário, de modo que ele encontrou ali a tranquilidade de que precisava para pensar mais um pouco. Sentou-se em um banco, entre lírios e tulipas, pegou um dos coelhinhos brancos e colocou-o no colo.

Enquanto acariciava a pelagem macia, voltou seu olhar para as colinas. Do banco em que estava, podia contemplar os orfanatos ao longe com mais precisão do que de seu casebre. Não era a primeira vez que ele olhava para aquele lado da cidade, mas foi a primeira vez que o viu de verdade.

A decisão de escolher seus pais nunca lhe pesara tanto.

Agora, ele parecia sentir o que se passava nas colinas. Sentia um misto de sofrimento, desejo, saudade. Saudade daquilo que nunca teve, mas que, de tanto se desejar, acabou sentindo falta... Toby perdeu a noção da hora.

Ficou na praça, afagando o coelhinho e olhando para o mesmo ponto por tanto tempo, que a lua chegou e encontrou-o ali, sozinho, sem que ele percebesse. Foi despertado de seus pensamentos pelo brilho das primeiras estrelas e pelo vento que já sibilava em uma temperatura mais fria, arrepiando seu corpo.

Desejou ter alguém ao lado para confortá-lo com um abraço e espantar o ar gélido do cair da noite. Foi então que, junto à lua, veio-lhe a resposta que buscava. Não importava o quão difícil fosse uma escolha e quantos riscos ela envolvia. Ele não passaria de um frouxo, covarde e solitário para sempre caso não perdesse o medo.

Quantas noites mais de frio e solidão teria que enfrentar para saber que já havia passado a hora de agir? Tantos fizeram suas adoções de pais e viviam como uma família feliz. Por que ele tinha tanto medo?

Colocou o coelho de volta nos canteiros e olhou fixamente as colinas, por mais um breve momento.

– Meus pais estão lá – disse para si mesmo, enchendo o peito de coragem –, em algum orfanato escondido naqueles vales. Eu devo ir buscá-los.

Toby entendera que havia chegado o momento. Ele deveria subir as colinas.

– Por favor, tucanos, onde quer que vocês estejam, peço que venham me buscar e que me mostrem o caminho. Meu coração precisa disso mais do que nunca e está certo de que este é o momento.

Ai, que susto!

Estou aqui, narrando a história de Toby e de onde ele vive, na calada da noite, sozinha em meu quarto, quando entra uma libélula pela janela! Você acredita? Uma libélula quase me matou de susto, nesse exato instante! Tenha paciência! Preciso recompor-me, já nem me lembro de onde parei.

Sei que as libélulas simbolizam proteção. Em muitas culturas, elas são tidas como guardiãs de bons espíritos enviados para nos proteger. Simbolizam, além de proteção, sorte, poder e prosperidade.

Pensando bem, não foi tão ruim levar o susto inicial, se minha amiga chegou para me trazer proteção nas linhas que traçarei a seguir. Ela está repousando sobre meu criado-mudo. Vamos deixar a pobre criatura em paz e continuar com a narrativa, desde que ela não volte a me assustar quando lançar novos voos pelo meu quarto.

Nada é perfeito. Nem mesmo um sonho.

O sonho, a cidade, o lindo devaneio desabrochado de almas inquietas por uma família, todos têm problemas. Talvez isso se deva à falta de fé dos sonhadores, ou ao esquecimento e ao surgimento dos temíveis antissonhos. Infelizmente, muitos se esquecem dos sonhos ou – o que é pior – não acreditam neles, e aí surgem os pensamentos negativos.

As crianças que construíram a Cidade dos Sonhos viviam na Terra, em orfanatos. Quando não eram adotadas, algumas passavam a sentir mágoa, tristeza, solidão e até raiva. Isso contribuiu para o surgimento de problemas em um local que tinha tudo para ser perfeito – com até uma avenida de picolés.

Os dias foram se passando tão rápido quanto as ondas da praia atingiam a areia, produzindo a música mais doce que se pode imaginar. As ondas se formavam e arrebentavam na praia, enquanto Toby, sempre a observá-las, sentia o peso dos dias que se perdiam no horizonte, um após o outro, sem trazer novidades.

Seguia sua rotina com os estudos, as brincadeiras na praia junto de Cotton e os amigos, os passeios de canoa. Chorava algumas vezes, achando que os tucanos jamais o chamariam. Entretanto, na maioria dos dias, mantinha-se com esperança.

Quem sabe tenha sido por essa esperança, mesmo inconstante, que, um dia, alguém bateu à sua porta e o convidou para uma nova fase em sua vida.

Estava sentado perto da janela, observando a imensidão do mar e o sol que o acompanhava fielmente, quando um barulho curioso o assustou. Era um bater diferente à porta, afinal de contas era produzido por um bico pontudo e alaranjado.

Sentindo o coração acelerado, Toby foi até a porta e a abriu. Para sua surpresa, ninguém estava lá. Saiu correndo pela areia, gritando, chamando por quem quer que fosse. Não estava maluco, alguém havia batido à sua porta. Cotton apareceu, resmungando ao seu lado, como se estivesse incomodado com todo aquele estardalhaço.

– Fique aqui, amigo, cuide de nossa casa. Eu preciso... Eu preciso... Não sei exatamente do que preciso, mas tenho que ir para... Tenho que ir para... Para algum lugar, que não sei exatamente qual. Prometo voltar o mais rápido possível.

Dando um beijo na testa do pônei, Toby saiu caminhando pela orla, depois adentrou na cidade e continuou a caminhar, sem rumo. Tinha que ir para algum lugar e, embora não soubesse onde, sabia pelo menos que jamais chegaria caso ficasse parado, esperando.

A vida já havia batido à sua porta, seus ouvidos não mentiriam.

# Conversando com tucanos

– Toby! – Um tucano o chamou, finalmente. – Aproxime-se, precisamos conversar.

Após ter passado pela Avenida dos Picolés e pela Praça dos Anjos, saudando os coelhinhos guardiões, Toby perdia as esperanças. Ele estava caminhando por todos os lugares que conhecia, mas nada de diferente acontecia.

– Onde eu estava com a cabeça? – indagou-se.

Resolveu pegar o caminho de volta para casa, onde Cotton o esperava, com preocupação. Antes, porém, passou no banco para fazer um saque de bananadas. Pegou cinco delas e comeu duas, assim tinha mais três para quando precisasse fazer compras.

Caminhou vagarosamente vendo tucanos sobrevoando, mas, como sempre, era impossível segui-los. Chegou até sua casa, cansado e sem esperanças. Nem a música da praia o animou. Decidiu que não sairia para seu passeio de canoa naquela tarde.

Antes que pudesse abrir a porta de casa, contudo, uma voz o fez saltar de surpresa:

–Você é um baita desmiolado. Tanta criança nessa cidade e me mandam vir até você!

Virando-se, não viu ninguém por perto.

– O quê? Quem está aqui?

– Eu, claro! Quem você estava esperando, um coelhinho da praça?

Foi então que o tucano apareceu. Ele estava escondido no vão entre o teto de madeira do casebre de Toby e o telhado. Dando um passo à frente, Toby conseguiu vê-lo.

– O que você está fazendo aí? – o menino perguntou.

– Eu vim buscá-lo, ora.

– Eu sei, mas por que se escondeu?

– Eu não me escondi! Que falta de respeito. Eu vim voando de longe. Você acha que eu aguentaria ficar parado sob o sol, esperando por você? Refugiei-me na sombra fresca e fiquei ouvindo a música da praia enquanto você não voltava!

– Você deve ser um tucano maluco, com todo o respeito. Eu atendi a porta e o chamei, antes de sair.

– Que insolente! – respondeu a ave, bastante irritada. – Bem, minha função é conduzi-lo até o jardim dos tucanos. Não vamos perder mais tempo, já que você me fez esperar quase o dia inteiro!

Rindo de toda aquela confusão, Toby seguiu o pássaro.

O caminho foi um tanto estranho. Eles circularam pela cidade e seus arredores, passando pela mesma rua várias vezes, repetindo determinados caminhos. Cruzaram terra, mar e floresta. Toby não se cansava e a ave não lhe dava um minuto de trégua. Tudo aquilo estava sendo tão divertido que ele nem queria parar. Seguir um tucano pela primeira vez estava sendo um dos momentos mais alegres de sua vida.

Agora estava claro por que ninguém conseguia chegar ao jardim dos tucanos. Era impossível memorizar aquele caminho, principalmente por não fazer sentido algum.

Depois do que pareceram ser dois dias inteiros, e Toby jamais saberia dizer quanto tempo ao certo levou, chegaram em uma velha construção. Parecia um casarão em ruínas, com ervas daninhas por todo lugar e uma parcela do teto faltando.

O tucano que o conduzia bateu o bico na porta três vezes, como fizera no casebre de Toby. A pesada porta de madeira imediatamente se abriu e Toby foi conduzido para o lugar mais maravilhoso que seus olhos já viram. Nem parecia que ele estava no interior de um prédio em ruínas.

Após passar pela entrada, o tucano que o guiava misturou-se aos demais, e o menino deparou-se com um jardim imenso, a se perder de vista, com flores e frutos, córregos de água cristalina e muitas árvores tropicais. Um lugar tão colorido e alegre que ele se sentiu agradecido por ter sido chamado para finalmente conversar com os tucanos.

Passo após passo, as aves o observaram adentrar no jardim, dos galhos das árvores e do meio de arbustos.

– Toby! – um tucano o chamou, finalmente. – Aproxime-se, precisamos conversar.

O tucano disse que se chamava Tucano quando Toby perguntou.

– Aqui, todos nós temos o mesmo nome.

– Mas então como poderei diferenciá-los?

– Você não precisará fazer isso.

– Certo, senhor Tucano. Então…

– Apenas Tucano, por favor. Sou muito jovem para que me chame de senhor.

– Desculpe-me, Tucano. Eu vim aqui para falar sobre meus pais, certo?

– Errado – respondeu a ave, enquanto comia uma cereja fresca.

– Errado?

– Absolutamente. Você está aqui para falar sobre si.

– Hum...

– Vamos começar do princípio. Quem é você?

– Quem sou eu? Eu sou o Toby. Isso é bastante simples. Sou apenas o Toby.

– Resposta errada, de novo. Já vi que você é daqueles que dão trabalho. Talvez por isso tenha demorado mais do que o normal para ser chamado. Venha, me siga, vamos caminhar pelo jardim.

Perplexo e aborrecido, Toby seguiu o tucano, achando tudo aquilo menos encantador do que à primeira vista.

Criaturas curiosas são esses tucanos da Cidade dos Sonhos. Enquanto estou aqui, escrevendo para você, vasculhando por memórias esquecidas e mal tingidas, encontrei-me rindo algumas vezes ao me lembrar de tais figuras.

Eles são exatamente como os tucanos que você conhece, com a plumagem conhecida e aquele bico de cor tão alegre que causam a sensação de ser bastante amigáveis. Na maioria das vezes, são, sim, aves agradáveis. Mas tente contradizê-los!

Toby tentou algumas vezes, ao se ver interrogado sobre si e os motivos da adoção.

– Vou escolher e adotar meus pais com responsabilidade – o menino garantia.

– Dizer essas palavras é fácil. Eu preciso sentir que você está pronto para a tarefa. – argumentava Tucano.

Assim, a conversa não foi muito produtiva a princípio, já que eles se desentenderam por algum tempo. Tucano alegava que a adoção deve ser consciente e vir tanto da razão como do coração.

– Você não poderá abandoná-los, nem os trocar ou substituir. São vidas que estão sob a sua responsabilidade. Você já pensou nisso?

– Não tanto quanto deveria – Toby disse, por fim, começando a dar ouvidos à ave.

Nesse momento, aconteceu algo que hoje muito me faz rir.

Tucano sobrevoou Toby e pousou em sua cabeça, dando-lhe bicadas doloridas.

– Ai! O que você está fazendo? – o garoto indagou, saltando e tentando se desvencilhar.

Nada disso adiantava, pois continuava sendo bicado. Sentindo que aquilo era uma enorme perda de tempo, Toby sentou-se entre duas palmeiras altas, com folhagens espessas, e chorou.

Ele chorou bastante, o quanto nem sabia dizer. Sabia apenas que não era por causa da dor causada pelas bicadas de Tucano. Chorava por uma solidão que o acompanhava desde sempre, mas que ele tentou em vão esconder por todo aquele tempo incalculável em que estava na Cidade dos Sonhos.

Após finalmente acalmar-se, viu que havia se formado uma poça de lágrimas aos seus pés. Tucano, que parara de bicá-lo, voou até um galho próximo e encontrou mais frutas para distrair-se, enquanto Toby olhava profundamente para a pequena poça e enxergava nela memórias de sua vida até ali. Um pouco turvas, e nem sempre alegres; memórias que, embora sua mente as camuflasse, seu coração jamais iria esquecê-las.

Toby sentiu a essência de sua solidão, a vontade que sempre teve de ter uma família. Viu-se refletido na poça, a olhar pela janela do casebre e a sonhar de olhos abertos com o dia em que teria uma família.

Ele sempre fora um grande sonhador. Ainda que não soubesse como chegara na Cidade dos Sonhos, talvez essa resposta fosse mais simples do que poderia imaginar. Após mergulhar em seus devaneios e aprender muito sobre si mesmo, voltou à atual realidade nebulosa em que se encontrava.

Toby, sem perceber, estava banhado em novas e mais espessas lágrimas. Entretanto, não eram mais de tristeza, e sim, de emoção por rever os passos dos sonhos que o conduziram até aquele instante. Ele tinha opções e caminhos para construir os próprios sonhos, assim como todos sempre têm, e agora compreendia o sentido de tudo e via suas oportunidades mais claramente.

– Como se sente? – perguntou Tucano, do galho em que continuava a observá-lo.

– Eu estou bem. Estou melhor. Ainda um pouco confuso.

– Isso é ótimo, meu amigo. A confusão nos faz questionar e buscar por respostas em nós mesmos. É chegada sua hora da mudança.

– Eu estou pronto para adotar meus pais?

– Só você tem essa resposta de verdade, mas eu diria que está no caminho. – Aproximando-se, a ave o olhou bem de perto e continuou: – Agora, Toby, escute com atenção o conselho que os tucanos têm para lhe dar. Não fuja mais do que está dentro de você. Nunca vai vencer essa luta.

– Não compreendo.

– É muito simples. Aquilo que o está machucando por dentro: sua solidão, angústia, as dúvidas e os medos. Não fuja mais deles. Se você realmente acredita que está pronto para subir as colinas e escolher seus pais, saiba que precisa ser maduro o suficiente para isso. E maturidade significa encarar tudo de errado que existe em você. Não há para onde fugir, você já deve ter percebido. Então, é a minha vez de lhe fazer uma pergunta: você está pronto, Toby?

– Tucano, chegou o momento, vou às colinas – disse o garoto, com determinação.

– Você sabe que isso leva um tempo. O processo começa quando você vai às colinas pela primeira vez, mas não se esqueça de que existe uma fila de adoção.

– Eu não entrarei na fila.

Tucano o encarou com curiosidade e disse:

– Quando não se entra na fila é porque suas exigências são poucas e, dessa forma, você irá ficar com os pais que os mais exigentes não quiseram.

– Eu sei disso, mas não quero julgar meus futuros pais pela aparência, como os demais.

– Curioso. Muito curioso – disse Tucano, mordiscando uma folha. – Seu amigo, Caio, está na fila de adoção há um bom tempo. Ele escolheu pais loiros, de olhos azuis e cabelos lisos. O pai, segundo suas exigências, deve ter no mínimo 1,85 m de altura, enquanto a mãe deve pesar no máximo 55 kg. Caio deseja que os pais atendam exatamente todos os padrões de beleza.

– Provavelmente ele vai ficar na fila um tempão. A maioria das crianças, assim como ele, busca pais que julgam ser perfeitos na aparência – rebateu Toby.

– Você é um caso complicado, Toby. Está tornando esta conversa com os tucanos mais complexa do que eu imaginava.

– Não sou complicado, é tudo bastante simples, na verdade – respondeu ele. – Quero apenas pais, e não pais perfeitos para saírem bem nas fotos. Quero carinho, companhia, quero amar e ser amado por eles, ser chamado de filho, só isso.

– Então, meu amigo, não temos mais nada a conversar. Você analisou suas memórias trazidas pelas lágrimas, ouviu os conselhos dos tucanos e encontrou as respostas dentro de si.

Sorrindo de tanta felicidade, Toby questionou:

– Isso significa que podemos ir para as colinas imediatamente?

– Você teve momentos muito atribulados. Precisa descansar e se recompor. Vou levar você para casa. Descanse, reflita sobre nossa conversa e, então, quando decidir ir para as colinas, estarei lá para guiá-lo. Combinado?

– Combinado!

Naquela noite, Toby mal conseguia dormir. Estava muito ansioso. Tinha decidido subir às colinas e nada mudaria sua decisão. A conversa com os tucanos e o que lhe havia sido descortinado naquele jardim maravilhoso lhe traziam reflexões profundas. Ele sentia que sua vida já estava mudando e mal podia esperar para viver os dias por vir.

Resolveu então ir tomar um ar fresco à beira-mar. Buscou Cotton, que já estava acomodado em sua baia, e junto do amigo caminhou pela orla. O frescor da noite, o cheiro salino do oceano, a brisa fresca e o som das ondas quebrando na praia em forma de piano fizeram-no bem.

– É amanhã, meu amigo – ele disse a Cotton. – Amanhã iniciarei o processo para arranjar um pai e uma mãe.

O animal o olhava.

– Eu sei, vou escolher pais que saibam cuidar de você também.

Toby acariciou a longa crina do amigo e assim eles voltaram juntos para casa, quando a madrugada já estava avançada. O menino precisava dormir pelo menos algumas horas.

O dia seguinte seria especial e decisivo.

# Colinas

*Ficou paralisado com aquela cena. Começava a compreender a complexidade do que acontecia naquelas colinas. Os tucanos realmente tinham razão.*

Toby dormiu muito depois da chegada da lua e acordou antes que os primeiros raios de sol despertassem e iluminassem o horizonte. Levantou-se, preparou uma tigela de cereais, alimentou Cotton e foi soltá-lo no pasto que ficava atrás de seu casebre. Ele sempre deixava o animal solto durante o dia, entre a grama verde e o mar ao redor.

– Tenha um bom dia, Cotton, e torça para que tudo dê certo – disse, ao sair.

Ele caminhou rumo ao centro.

A cidade estava absolutamente silenciosa. Só o que ele ouvia eram os próprios passos ecoando pelo caminho, além dos ruídos dos pensamentos rodopiando em sua mente. O trajeto até as colinas, e posteriormente entre elas, era longo e cansativo. O melhor a fazer era começar a trilhá-lo antes de o sol surgir.

Toby passou em frente à casa de Caio e lembrou-se das palavras que trocara com Tucano a seu respeito no dia anterior.

– Se optei por adotar meus pais, devo fazê-lo sem qualquer tipo de preconceito – refletiu, lembrando-se do rumo que a conversa havia tomado.

Alcançou a longa Avenida dos Picolés. Era estranho caminhar por ali sem os palhaços a alegrar o caminho, sem os risos ecoando das salas de cinema, sem as inúmeras sorveterias abertas. As únicas coisas que funcionavam àquela hora eram as lojas de aluguel de carinho e as máquinas de histórias da vovó. Na verdade, essas duas atrações não fechavam nunca.

Passando pelas lojas de doces e pelos ursos de pelúcia gigantes, que adornavam as calçadas, Toby atingiu a Praça dos Anjos. O chafariz continuava a jorrar água e os coelhos estavam escondidos entre os canteiros. A maioria ainda dormia.

Quando o sol finalmente mostrou sua graça, Toby já estava muito longe de seu casebre, de Cotton e do mar. À medida que caminhava, casas e lojas rareavam e a paisagem ia se tornando bucólica.

Árvores frondosas, plantas diferentes e um riacho lhe saudaram aos pés das colinas. Chegara ao lado direito da Cidade dos Sonhos.

Quando estava próximo do mar e olhava para aquela direção, as colinas não pareciam tão distantes quanto eram de fato. Tinha perdido a noção da hora, mas, ao olhar para trás, pôde perceber que a cidade já havia acordado e funcionava normalmente, como em qualquer manhã.

Estranho. Pensava que ainda não havia amanhecido completamente, por causa da falta de claridade com a qual estava acostumado. Porém, pela vista observada, o dia começara, definitivamente.

Olhou para cima pela primeira vez. Não era o mesmo sol. Quem roubara ou ofuscara o astro rei? Ele pensou em correr de volta até a prefeitura e falar para Arturzinho:

– O sol forte da cidade amanheceu doente!

Entretanto, pensou que tudo corria normalmente. Ele podia ver as bicicletas, as patinetes e as inúmeras cores que se espalhavam pelas ruas.

Lembrou-se, então, do discurso dos membros da instituição pró-adoção:

"Sabiam que o sol, o mesmo que reina forte sobre nossa cidade, não é tão forte e claro nas colinas?"

E mais:

"Talvez elas não sejam exatamente o lugar dos sonhos."

Se eles estivessem certos, Toby descobriria a seguir.

Virou-se e afinal, após toda aquela caminhada, avistou a pelagem lustrosa e o bico alaranjado pelos quais ansiava: Tucano viera guiá-lo pelo caminho pedregoso, inclinado e desconhecido que o esperava. Seria uma jornada longa e perigosa, mas já não estava sozinho.

Seguindo a ave amiga, começou a escalar a primeira colina. Sua cidade, agora distante, parecia uma pintura a óleo, coberta pelos raios dourados, banhada pelo azul do mar, colorida pela alegria dos cidadãos.

Era linda. Linda de se ver.

De fato, a sombra era abundante nas colinas, e isso não se devia apenas à presença das árvores. Conforme Toby embrenhava-se entre uma colina e outra, caminhando rápido para não perder Tucano de vista, ficando cada vez mais distante do centro da cidade e do mar, percebia que o sol também se afastava, como se fugisse dele, ou melhor, como se fugisse daquele lugar.

Aqui, preciso para para fazer um adendo, caro amigo.

Primeiramente, você deve estar se perguntando sobre minha companheira libélula, certo? Pois ela ainda está aqui, imóvel. Começo até a acreditar em crenças populares. Talvez ela realmente tenha tido um propósito ao entrar pela minha janela.

Suposições à parte, deixemos de lado o abstrato e rumemos para o concreto. O concreto, no caso, é que Toby estranhou aquele sol, que não era tão forte nas colinas como em outros lugares. Porém, preciso dizer que, ainda assim, ele era mais forte e intenso do que o sol que conhecemos e que brilha em nossos dias, no mundo real.

O sonho das crianças órfãs o fizera assim, lembra? Imponente e maravilhosamente forte na Cidade dos Sonhos. Ouso dizer que a beleza daquele sol não cabe em nossa imaginação. Ela é maior do que supomos; maior do que conhecemos e podemos conceber em nossas mentes.

Em meio a essa sombra nunca vista, Toby continuava a subir.

Espere. Queira desculpar-me, acho que falei demais. Enquanto eu conversava com você, nosso amigo chegou aos portões do primeiro orfanato, dos muitos escondidos nas colinas. Tucano conhecia alguns atalhos e o guiou por eles. O caminho, apesar de perigoso, passou rápido na presença de um amigo de confiança, mesmo às sombras.

Enormes grades brancas adornavam os altos portões. Antes de qualquer coisa, Toby ficou contemplando o local. Tucano não estava mais ali. Tudo agora dependia dele.

Logo após os portões, havia um extenso gramado muito bem cuidado. Poucas árvores espalhadas e alguns canteiros com flores circundavam uma grande construção, aparentemente antiga, com lascas de tinta nas paredes.

Era um casarão amarelo-claro de dois andares. Havia janelas aos montes em cada pedaço de parede da construção, provavelmente representando os inúmeros quartos daquele local.

Cuidando do gramado ou apenas lendo um livro ao sol (cada vez mais fraco, na opinião de Toby) estavam alguns pais. Todos pareciam tão entretidos que não haviam percebido o menino se aproximar da entrada do orfanato. Ele fitou através dos olhos baixos daqueles órfãos, querendo ser capaz de ler suas almas. Queria entender o que sentiam estando ali, dia após dia, sem uma família.

O local era bonito. Parecia calmo e agradável. Porém, a atmosfera não era amena e ofuscava mais a claridade do que o brilho do sol que se escondia da região das colinas. Toby compreendeu que a falta de claridade por ali não se devia apenas ao afastamento do astro rei. Algo mais forte – e, quem sabe, invisível – não deixava a luz habitar o lugar.

Enquanto ele se perdia em divagações, uma mulher que se encontrava sentada nas escadarias do orfanato, como se despertasse de um transe, olhou diretamente para os portões e reparou em Toby. Ela sorriu, apontou para o garoto e gritou:

– Um filho! Um filho veio escolher os pais! Eu quero ir, escolha-me!

Uma fração de segundos se passou, mas pareceu uma eternidade.

Assim que a mulher se manifestou, ele não conseguiu se mover, incapaz de falar ou esboçar qualquer reação. Ficou paralisado com aquela cena. Começava a compreender a complexidade do que acontecia naquelas colinas. Os tucanos realmente tinham razão. Não se tratava apenas de adoção, de escolhas ou de formar uma família; tratava-se de sonhos, desejos e, acima de tudo, de dignidade humana.

Funcionários do orfanato saíram do prédio, atraídos pelos gritos da mulher. A essa altura, diversos pais órfãos já haviam direcionado o olhar para ele. Fosse dos gramados ou das janelas, inúmeros pares de olhos o contemplavam. Toby sentiu esperança em cada um deles. Esperança de irem finalmente para casa.

–Você veio escolher seus pais?

Um senhor de bigode volumoso, silhueta esbelta e chapéu de veludo chegara aos portões.

A mulher que gritara fora levada para o interior do casarão. No entanto, os demais órfãos não deixaram de fitar o garoto. Ele estava tão distraído com o que acontecia ao redor que nem tinha percebido o homem se aproximar. Encarou-o e respondeu:

– Sim. Vim conhecer o lugar e os órfãos.

– Então entre – disse o homem, sorrindo e abrindo os portões. – Sinta-se à vontade. Meu nome é Edgar.

Toby entrou no gramado e, imediatamente, diversos órfãos passaram a sorrir e acenar para ele. Confuso, acenou de volta. Mais uma vez, sentia-se paralisado, sem saber para onde ir.

– A primeira vez que se vem às colinas pode ser um pouco impactante – disse Edgar. – Venha, vou levá-lo para conhecer nossa casa e tirar suas dúvidas.

Eles cruzaram o gramado em silêncio. Toby seguia recebendo acenos e sorrisos esperançosos.

– Antigamente, os órfãos agarravam as vestes das crianças que chegavam aqui. Por isso, foram proibidos de falar com os futuros filhos, a menos que vocês desejem conversar com eles. Quanto aos acenos, não podemos proibir, espero que eles não lhe incomodem.

– Não, de forma alguma.

Eles chegaram ao interior do orfanato e dirigiram-se até uma pequena sala com uma placa em que se lia *supervisor geral*. Entraram e sentaram para continuar a conversa.

– Aquela mulher estava gritando – falou o menino.

– Sim, desculpe-me por isso. Ela é chamada de louca por todos. Não obedece às nossas regras. Sempre que algum filho chega para iniciar o processo de adoção, temos que levá-la para dentro e sedá-la.

– Mas dessa forma ela nunca será adotada.

– Ela já passou da época – disse Edgar. – Não está mais disponível para adoção. O certo seria que começasse a trabalhar nos orfanatos quando o momento chegasse. Porém, a falta de uma família causou-lhe danos tão profundos que ela não está apta ao trabalho. Apenas a deixamos por aí, e ela ainda tem esperanças de que alguém a queira como mãe. Pobre criatura.

– Ela é uma... – Toby hesitou – ... órfã eterna?

– Não gostamos desse termo – falou Edgar –, mas sei que é assim que vocês se referem a nós. Sim, ela é uma de nós.

– Nós? – indagou o menino. – Você também é um?

– Claro – respondeu Edgar. – Também passei da época e ninguém quis me adotar. Então, comecei a trabalhar como supervisor dos órfãos. É um bom trabalho, mas, se eu pudesse, optaria por voltar ao passado para ter a chance de ser pai. Como você deve saber, não medimos a idade exata em nossa região, sabemos que o tempo é relativo. Com o passar dos anos, se um órfão não é adotado, surge uma marca em seu peito que o caracteriza como o que vocês chamam de órfão eterno.

– Que espécie de marca?

– Um sol – disse o supervisor. – Um sol dourado, parecido com uma tatuagem, que, na verdade, é uma marca natural de nossa pele, veja.

Edgar abriu os primeiros botões da camisa. Bem sobre o coração havia um sol em fortes tons dourados. Era uma marca profunda. Realmente parecia impossível de ser removida. Era parte do corpo, eterna.

– A marca é um sol justamente para marcar que a pessoa que a possui está fadada a servir para sempre sob o sol forte, sozinha e solitária como ele – disse o homem. – E há mais um detalhe. Conforme o tempo passa, os raios do sol no peito do órfão eterno aumentam de tamanho, chegando a cobrir até o seu pescoço, caracterizando-o como um sofredor de longa data e dando às pessoas o direito de excluí-lo ainda mais.

Toby estava confuso com aquela conversa. Tentando mudar de assunto, resolveu perguntar sobre a mulher louca:

– Como ela se chama?

– Ela não tem nome. Nenhum dos órfãos tem.

– Como isso é possível?

– Teoricamente – explicou Edgar –, a sociedade impõe que eles se transformem em indivíduos apenas quando são adotados, e só a partir daí precisam de um nome, uma identidade. Além do mais, a maioria dos filhos gosta de escolher o nome dos pais. Damos essa oportunidade para encorajar a adoção.

– Mas como vocês os chamam?

– Eles possuem números de registro. Se você reparar, cada um dos órfãos possui uma placa de metal na veste, na direção do coração. Ali está o número que usamos para identificá-los. A "louca", por exemplo, é a 637. Todos sabem seu número, pois ela nos dá muito trabalho.

– Você não possui um número – falou Toby.

– Eu possuía – disse Edgar, melancólico –, enquanto era tutelado pelo governo. Depois, passei a ser emancipado. Não tenho mais direito à adoção, porém tive o privilégio de escolher meu próprio nome.

– E por que você não trabalha na cidade? Por que quis continuar nas colinas?

– Não foi uma escolha. Nós, que não fomos adotados, não temos opções. Devemos permanecer para sempre nas colinas. Não temos direito de reintegração social. Os únicos adultos que vivem fora das colinas são os que são pais, os que foram escolhidos. Não devemos nos misturar, nem roubar seus empregos. Há exceções de empregos apenas para os órfãos eternos, como os palhaços, que descem e sobem as colinas diariamente.

– Isso é tão triste e preconceituoso... – começou a dizer Toby, mas foi interrompido pelo supervisor.

– Venha – falou o homem. – Vamos dar uma volta e continuar a conversa no caminho.

Eles saíram da sala do supervisor e alcançaram o saguão de entrada.

– Vou lhe mostrar e explicar o funcionamento de nosso orfanato – disse Edgar. – As regras são as mesmas para todos os demais orfanatos das colinas. Aliás, quase todos.

– Há algum diferente? – perguntou Toby.

– Sim, há um, o último orfanato, o mais distante. Ele segue regras próprias. Mas não vamos falar dele, vamos às nossas regras.

Toby e Edgar deram uma volta pelo andar térreo. Passaram por salas amplas e decoradas, e o supervisor foi explicando:

– Aqui, neste andar, ficam as áreas comuns. Temos a enfermaria, o refeitório, a sala de televisão, a biblioteca e as salas de terapia ocupacional.

Vendo que o menino estava confuso, Edgar explicou:

– As salas de terapia ocupacional são espaços que oferecem diversas atividades para que os órfãos se sintam úteis e desenvolvam habilidades. Antigamente, quando não tínhamos tais atividades, os casos de depressão e outras doenças eram muito maiores, visto que os pais órfãos ficavam na ociosidade, apenas pensando no dia em que seriam escolhidos, e, para muitos, esse dia nunca chegava. Venha conhecer uma delas.

Entraram em uma ampla sala, com diversas mesas e armários repletos de objetos.

– Esta é uma de nossas salas de terapia, a sala de artes. Aqui, os órfãos têm aulas de desenho, pintura, música e literatura.

– Quem dá as aulas são os órfãos eternos?

– Eu prefiro que você não use esse termo – repetiu Edgar. – Mas sim, somos nós que damos as aulas aos órfãos. Eu sou professor de flauta doce.

Conforme Toby percebeu, de fato, nos armários havia diversos potes de tinta, pincéis, telas, instrumentos e livros. E, pela parede da sala, diversas pinturas que, pelo que ele pôde deduzir, foram feitas pelos internos.

– Temos também salas de costura, jogos e artesanato – continuou explicando o supervisor. – Muitos dos trabalhos feitos nas colinas são levados para a cidade. A instituição pró-adoção possui uma sala de venda de nossas peças em sua sede. Geralmente custam poucas bananadas, porém as vendas são inexpressivas.

– E por que não há nenhum órfão aqui, agora?

– Boa pergunta – Edgar continuou. – Temos o momento exato para tudo. Como são muitos órfãos, e nosso maior desejo é prepará-los para uma vida normal na sociedade ao ser adotados, seguimos horários fixos, pois é essa realidade que eles encontrarão fora das colinas. Além disso, como você já sabe, eles ficam muito ansiosos com as visitas de potenciais filhos. Portanto, temos que ser bem organizados ao longo do processo, para evitar transtornos. Sempre que o alarme soa é para mostrar que chegou o horário de alguma atividade. Temos horário para as refeições, os banhos, o sono, as atividades de terapia ocupacional, o trabalho e o período livre, que é o que está ocorrendo neste instante. Como você viu, alguns aproveitam para tomar sol, outros gostam de ler ou cuidar dos jardins. Enfim, neste momento do dia, podem fazer o que desejar.

Assim que ele parou de falar, um forte apito soou e Toby pôde ouvir a movimentação que ele gerou.

– Eu sei que o som é alto, mas você se acostuma – falou o supervisor. – É que todos os orfanatos seguem um só alarme e ele tem que ser bastante potente, já que é válido para todas as colinas. Exceto…

– Exceto o orfanato mais distante – continuou Toby, que já havia entendido o esquema de funcionamento das colinas. – O que significou esse alarme?

– É hora do trabalho – disse Edgar.

– Eles trabalham?

– Sim, trabalham para o orfanato. É diferente da terapia ocupacional. No momento de trabalho, eles realizam serviços diversos. Venha ver.

Eles saíram pelos fundos do prédio e encontraram uma espécie de fazenda com animais soltos, como cavalos, vacas e cães. E também uma granja de porcos e outra de galinhas, além de uma horta e um pomar.

Toby ficou deslumbrado ao ver cada órfão dirigir-se para sua atividade logo após o alarme ter sido ouvido. Uns foram cuidar da terra, outros, das plantações e mais alguns, dos animais.

– Dessa forma, eles se ocupam e ainda garantem o próprio sustento – falou Edgar.

– Vocês passam por algum problema aqui? – perguntou Toby, meio sem jeito. – Digo, como falta de comida, suprimentos ou coisas do gênero?

– Eu entendi sua pergunta. Geralmente não passamos, pois nossa fazenda nos dá grande parte do que precisamos e Arturzinho destina doações para as colinas, mensalmente. Porém, existem alguns orfanatos aqui perto que possuem mais órfãos e fazendas menores, então eles costumam sofrer com a falta de mantimentos. Nós ajudamos, doando parte do que colhemos, e outros orfanatos fazem algo parecido. Mas não pense que é tudo perfeito. Os órfãos sentem falta de muitas coisas.

– Como assim?

– Em termos de mantimentos, eles se queixam de comerem sempre a mesma comida, e em quantidades regradas, ou de vestirem sempre as mesmas roupas. Enfim, eles têm estritamente o necessário, ou nem isso. É difícil quando algum órfão adoece e precisamos de algum medicamento diferente, pois temos só o básico em nossa enfermaria. Nessas ocasiões, temos que recorrer a Arturzinho, e nem sempre ele tem recursos disponíveis para nos socorrer.

– Eles adoecem com frequência? – questionou Toby, sofrendo com a ideia da falta de medicamentos.

– Infelizmente, sim. Principalmente nós, que já passamos da idade. E há também aqueles que ainda estão em idade de adoção, mas nunca são escolhidos por causa de alguma enfermidade que possuem.

– Que pena – falou o menino. – Se os doentes fossem adotados, teriam chances de um melhor tratamento na cidade, não é?

– Exatamente. Ocorre que as crianças nunca adotam os doentes, os deficientes, os velhos, os que julgam feios, e por aí vai.

Toby sofria cada vez mais com aquelas informações. Enquanto contemplava os órfãos trabalhando na fazenda, viu um homem de cadeira de rodas carregando um instrumento de trabalho e dirigindo-se para o pomar. Compreendeu o que Edgar dizia.

– Seria tão bom se todos os filhos que vão passar pelo processo de escolha dos pais fizessem como você está fazendo – falou Edgar. – Os tucanos o orientaram muito bem, e você abriu-se para receber seus sábios conselhos. Você veio até este local de coração aberto e está conhecendo cada detalhe de nossa rotina, o que facilita compreender a vida que seus futuros pais levam e ajuda, depois, em sua reintegração social. Além do mais, a importância da sua escolha fica mais clara vendo a realidade tão de perto. Você agora entende melhor que não deve julgar nenhum dos órfãos na hora da adoção.

– Julgar?

– Sim, rotulá-los sem conhecê-los, sem compreender suas realidades, suas histórias e origens. A maioria das crianças, quando sobe às colinas após conversar com os tucanos, apenas quer preencher o pedido de adoção o mais rápido possível e entrar na lista de espera, incluindo barreiras e exigências de diversas formas, como as características físicas dos pais. Poucos têm a paciência e a vontade de conhecer a fundo quem irão adotar, como você.

Toby lembrou-se de Caio, que havia feito esse procedimento e estava na fila de adoção, esperando os *pais perfeitos*.

Edgar levou o menino novamente para dentro do prédio. Subiram as escadas.

– No primeiro andar, estão os dormitórios femininos. No segundo, os masculinos. Esse é um ponto que varia entre os inúmeros orfanatos. Há os que, assim como o nosso, são mistos, porém há aqueles só de mães e outros, só de pais.

Tudo era limpo e bem cuidado. Edgar parecia ler os pensamentos de Toby:

– Eles são quase felizes aqui. Fazemos o possível para lhes proporcionar conforto e amor. Mas não substituímos uma família. Por mais felizes que sejam, todos, sem exceção, têm o sonho de sair daqui e ter um lar de verdade. Devo confessar que sofro cada vez que um se vai. Eu tenho que amá-los sem me esquecer de que este é apenas um lar provisório, ou pelo menos deveria ser. – Edgar respirou fundo, parecendo pensativo, e continuou: – Aprendi a amar cada um de nossos órfãos como a um irmão, tendo a consciência de que será melhor para eles se forem embora das colinas. E sofro ainda mais quando um deles atinge a época da emancipação sem ter sido escolhido. Esta é uma etapa muito difícil, e eu sofri muito para aceitá-la, quando foi a minha vez.

Nisso, uma mulher o interrompeu, avisando que uma reunião iria começar.

– Queira me desculpar, eu preciso ir – ele disse ao garoto. – Espero ter ajudado e estimo que você faça sua escolha de modo consciente e de coração aberto, como parece que está desde que cruzou os nossos portões. Estarei sempre à disposição. Agora, tenho uma reunião importante com os supervisores dos outros orfanatos. Estamos passando por momentos difíceis.

– Perdoe-me a intromissão, mas... É algum problema com os órfãos?

– Na verdade, com os que, assim como eu, nunca foram escolhidos. Os que você chamaria de órfãos eternos. O grupo dos rebeldes tem travado uma luta muito grande para nos humilhar.

– Eu não ouvi falar a respeito de nada disso – disse Toby, com um misto de apreensão e curiosidade.

– Eles são espertos, têm agido silenciosamente. Ontem, conseguiram aprovar uma lei para que os órfãos eternos possam descer para a cidade e ser alugados para passeios com os filhos que ainda não adotaram os pais, ou tirar fotos de família falsas.

– Mas isso é bom, não é?

– Não, é um desastre. Os rebeldes fizeram um esquema aparentemente correto, dizendo que os adultos que não foram adotados teriam a oportunidade de agir como pais por algumas horas, entre um monte de baboseiras mais que alegaram só para pressionar Arturzinho a assinar essa nova lei. No entanto, sabemos que, com os órfãos eternos legalmente servindo à sociedade, eles passarão a agir como puderem para nos humilhar e provar que a adoção não vale a pena. Existem teorias formuladas pelos tucanos, que sobrevoam a cidade e sabem de tudo o que acontece, de que esse grupo de radicais tem até a intenção de aprisionar e escravizar os órfãos eternos.

– Isso é um absurdo!

– Por isso precisamos agir rápido! Eu vou para a reunião e, mais uma vez, agradeço pela visita. Se quiser conversar com algum órfão, fique à vontade, depende só de você.

Toby agradeceu a hospitalidade e despediu-se de Edgar. Em seguida, foi para a fazenda e ficou vendo os órfãos trabalhando. Alguns estavam concentrados, outros o olhavam. Então, pôde entender o que aqueles olhares diziam. Eles chamavam para uma conversa, convencidos de que, assim, teriam alguma chance de ser escolhidos.

O garoto já sentia que os compreendia melhor, que os conhecia. Ele também era solitário e ansiava por uma família. Mas, diferentemente da maioria dos órfãos, tinha a chance de escolher e derrotar sua solidão. A vida, até na Cidade dos Sonhos, parecia injusta.

O menino resolveu continuar sua jornada. A primeira parada havia sido muito útil. Ele entendera o funcionamento dos orfanatos e a rotina dos órfãos. Mas seu coração ainda não tinha encontrado o homem e a mulher que procurava como seus pais.

Cruzou os portões e seguiu pelas colinas.

# Ecos do coração

*Foi como se aquela canção infinita o tivesse encontrado ali, tão distante do mar, no alto das colinas, e o fizesse se sentir em casa quando encarou sua futura mãe pela primeira vez.*

Atrás do próximo monte, Toby viu surgir o que estava escondido nas reentrâncias das colinas. Dezenas de orfanatos apareceram diante de seus olhos. Alguns maiores, outros menores. Todos sempre com portões altos, jardins, gramados e um prédio de paredes claras, repleto de janelas. Neles, órfãos andando por trás dos portões com grades, indo para seus afazeres.

Alguns orfanatos estavam na colina mais próxima, outros se encontravam nas mais distantes, mas o encanto da cena era que, para onde quer que ele se virasse, ao menos uma dessas instituições era visível.

Em algum daqueles prédios viviam as pessoas que ele fora buscar. Toby estava confiante de que seu coração o levaria até seus pais. As conversas com os tucanos e a visita ao primeiro orfanato, guiado por Edgar, fizeram com que uma esperança gigante encontrasse morada em seu peito. Ele percorreria as colinas e entraria em cada um daqueles locais, se fosse preciso, para descobrir quem ele buscava. E não falava de aparências, mas sim do pulsar feliz dos corações quando se encontram.

Prosseguindo sua viagem, entrou em alguns outros orfanatos pelo caminho, conversou com funcionários, viu seus órfãos. O tempo foi se passando e nada de seu coração avisar, dando o sinal de que ele havia encontrado o que desejava.

Em uma colina mais afastada, resolveu contemplar as escolhas possíveis e os próximos orfanatos que poderia visitar. Um deles, muito pequeno, ficava em uma colina bem ao longe e destoava dos outros pelo tamanho. Era um orfanato simples, mas aparentava ser muito aconchegante.

Toby caminhou, passando por outras colinas e dezenas de orfanatos maiores, sem nem entrar. Seu coração o guiava, era como um presente deixado pelos tucanos, uma trilha de esperança. Chegou à pequena construção e parou em frente aos portões. Não havia órfãos do lado de fora da casa, eles deviam estar participando de alguma atividade.

O menino bateu palmas e, logo, uma mulher de estatura baixa, robusta e com um lenço de flores na cabeça, dirigiu-se até a entrada. Ela vestia uma blusa de gola alta e Toby pensou que deveria ser para esconder os raios do sol em seu peito, pois, certamente, era uma órfã eterna.

– O que deseja? – ela perguntou.

– Eu vim conhecer os órfãos. Estou procurando pais para adotar...

– Não é possível. Nenhuma criança chega aqui faz muito tempo.

– Por que não?

– Ora, porque estamos muito longe da cidade. Não sei se você percebeu, mas esta é a penúltima colina.

– Penúltima? – perguntou Toby, confuso. – Então há mais um orfanato, ainda mais escondido e distante que este?

– Sim, o mais distante, o orfanato que não segue as regras. Ele está logo atrás daquela porção de terra. – Ela apontou para a colina atrás deles. – Você deve ter caminhado muito para chegar até nós.

– Sim, estou nas colinas desde muito cedo. Já conheci diversos orfanatos, mas, por alguma razão, quando vi este tão longe resolvi vir imediatamente para cá.

– Eu fico feliz que tenha vindo. Temos poucos órfãos e nenhum de nossos internos costuma ser adotado. As crianças não querem saber de nós, por estarmos localizados longe de tudo, e, por sermos pequenos e modestos, também não as atraímos. Portanto, devo alertá-lo, menino, que nossos pais são muito especiais. Eles são diferentes de tudo o que você já viu. São extremamente carentes e, como sentem que a esperança os abandonou, não admitem a necessidade, a solidão e a vontade de ter uma família. É como se tivessem escudos ao seu redor, protegendo-os da desilusão de nunca serem escolhidos. Espero que os compreenda.

Com o coração pulsando forte, Toby entrou no local. Havia um pequeno jardim de entrada, muito menor do que em outros orfanatos. A casa onde viviam os órfãos era pequena, térrea e com um número bem pequeno de janelas.

A mulher, que se chamava Violeta, acompanhou Toby para o interior e o levou até a porta da única sala de terapia ocupacional existente. Era ali que os órfãos estavam. A sala era pequena e acomodava cerca de vinte adultos, cada um em uma mesa. Vinte era realmente um número reduzido, se comparado ao restante das colinas.

Toby contemplou em silêncio aqueles pais disponíveis para adoção. Cada um estava entretido, aparentemente criando alguma peça de artesanato. Em cada par de olhos havia a mesma expressão vazia, a mesma desesperança e o mesmo sofrimento calado que se arrastava, dia após dia. Escoltado por Violeta, ele deu um passo para dentro da sala. Os órfãos pararam de fazer o artesanato e olharam para o menino que acabara de chegar.

Segundo Violeta, há muito tempo eles não recebiam a visita de uma criança. Toby compreendeu a importância daquele momento. Sentiu o peso da escolha que fizera ao decidir visitar aquele orfanato. Sua simples presença já trouxera um brilho diferente para os olhares daqueles órfãos.

Os pais e mães o fitavam de forma tão penetrante que, embora permanecendo em silêncio, seus olhares pareciam gritar. Pedir por uma casa, oferecer um colo, agradecer por ele estar ali.

Contudo, uma mulher aos fundos não levantara os olhos para vê-lo. Ela continuava entretida em seu artesanato, como se Toby não estivesse ali. Não era difícil entender o motivo para agir dessa forma. Se ninguém os visitava ou os desejava, ela passara a não querer visitas.

Toby sentiu-se atraído por aquela cara fechada e aquele olhar imóvel. Apontou para ela e Violeta falou:

– Número 5734, para a sala de entrevistas. – A mulher não se mexeu. Com carinho, Violeta foi até ela. Ajudou-a a deixar o artesanato de lado e a guiou pelo caminho.

Havia muitos guias e pessoas que trabalhavam com o coração aberto na Cidade dos Sonhos. A herança dos tucanos realmente era vista em cada canto. As aves eram os verdadeiros guardiões daquele sonho solidificado e espalhavam seus ensinamentos a todos, mantendo a harmonia, o respeito e a colaboração.

Sempre gostei deles.

A mulher de número 5734, embora sentada em uma cadeira à frente de Toby, recusava-se a encará-lo. Ela mexia freneticamente as pernas, demonstrando ansiedade e desconforto por estar ali.

Toby, por outro lado, não sabia o que fazer, nem o que falar. Sentia um carinho inexplicável por aquela mulher machucada pela vida. Vítima de abandono, impedida de sonhar. Resolveu arriscar:

– Por que você não olha para mim?

– Não há motivo para isso – ela disse, secamente.

– Por que não?

– Você chega e nos enche de esperanças para depois ir embora, escolhendo alguém de um orfanato melhor e mais bonito. Demoramos décadas para receber uma visita e, quando recebemos, não somos escolhidos! – Ao final da frase, ela já estava falando mais alto, bastante agitada, mas ainda sem fitar o garoto à sua frente.

– Eu não sou como as outras crianças. Eu entendo vocês.

– Não, não entende.

– Minha conversa com os tucanos foi muito esclarecedora.

– Todas as crianças conversam com os tucanos antes de vir para cá. Você não é especial.

– Não sou. Mas algo realmente aconteceu comigo após a visita ao jardim dos tucanos. Sei que todos recebem bons conselhos das aves, mas eu pude me ver. Vi o reflexo dos sonhos em meu interior e abandonei as máscaras que camuflavam partes de mim.

– Isso é bastante confuso.

– Não quero perturbá-la com isso. Quero apenas que saiba que consegui entender mais sobre mim, desde então. E, consequentemente, sobre meus futuros pais.

– Por favor, vá embora – ela pediu.

– Eu vou embora, mas vou também entrar com um pedido de adoção – disse Toby.

A mulher riu, com deboche, mas algo dentro dela pareceu mudar quando ouviu aquela frase, pois, sem querer, olhou para dentro dos olhos de Toby pela primeira vez.

Estufando o peito de coragem, o garoto completou:

– Eu vou adotá-la.

Não lhe importava se a órfã de número 5734 se recusasse a conversar com o futuro filho. De alguma forma, ele sabia que fizera a opção certa e que, quando ela fosse para casa, teriam todo o tempo do mundo para conversar.

– Você fez uma ótima escolha – disse Violeta, quando ele a informou de sua decisão. – A 5734 é uma pessoa machucada, porém você é um menino doce e saberá lhe dar espaço para aceitar que coisas boas podem nos acontecer. Ela guarda por trás daquela face decepcionada um ser humano fantástico, bondoso e cheio de virtudes, garanto que você não se arrependerá. Ela precisa apenas de uma chance para reaprender a ser feliz, uma vez que a sensação de felicidade parece ter desistido de lhe fazer uma visita.

Toby sentiu-se ainda mais confiante após ouvir as palavras de Violeta.

Saiu do pequeno orfanato sob os aplausos dos órfãos, que já sabiam da novidade. Sua futura mãe não foi se despedir. Disse que estava com dor de cabeça e foi se deitar.

Não lhe importava. Eles teriam todo tempo do mundo.

Façamos agora uma pausa para, mais uma vez, considerar a força dos antissonhos que nos mostram sua face. Toby conheceu centenas de mães nas colinas, mas optou pela de número 5734 por ser a única que não demonstrou diretamente o sonho de ser adotada, embora fosse visível seu desejo de sair das colinas. Tão visível quanto as estrelas que têm seu brilho escondido por trás das nuvens. Já conversamos sobre isso, espero que se lembre.

Sem saber ao certo como, Toby ouvira o seu coração. Fora ele que o levara até ali, naquele distante e pequeno orfanato, e que o guiara para a escolha de uma mãe que fosse perfeita para ele.

Ouvir o coração talvez seja mais simples do que as palavras podem explicar. Portanto, não ouso tentar. Aliás, diria apenas que, para Toby, foi como se ouvisse as ondas e a areia da praia cantando em um fim de tarde ensolarado, enquanto a maré trazia uma brisa mansa e a sensação de reconforto a cada novo segundo. Foi como se aquela canção infinita o tivesse encontrado ali, tão distante do mar, no alto das colinas, e o fizesse se sentir em casa quando encarou sua futura mãe pela primeira vez.

A música ecoara de dentro de seu coração, garantindo que ele, em qualquer lugar que fosse, se lembrasse do seu lar e da sensação maravilhosa que seria ter ali uma família.

A próxima etapa você sabe. É chegada a hora de escolher o pai. E como nosso amigo tem sorte! O último orfanato, aquele que segue regras próprias, é apenas de homens.

O orfanato dos rebeldes, o mais distante deles, era muito bonito e espaçoso. Sua construção era moderna e luxuosa. Além do prédio principal, havia campos de futebol ao redor, pistas para corridas de cavalo e um enorme segundo prédio, que ficava ao fundo. Este era ainda mais moderno e tinha paredes de vidro, mas não permitia que se conseguisse visualizar o seu interior.

O menino foi recebido com muito carinho por um simpático senhor, chamado Clóvis. Ele mostrou a construção principal, que possuía três andares, repletos de dormitórios e salas de jogos. Embora fosse muito simpático, Clóvis se recusou a falar das regras do local. E também mudou de assunto quando Toby demonstrou interesse em atravessar os campos de futebol para conhecer o segundo prédio, aquele de paredes de vidro.

Após conhecer o orfanato, o menino foi atraído por altas gargalhadas vindas de uma sala de sinuca. Aproximou-se de lá e viu que três homens jogavam animadamente.

– Ei, garoto, quer jogar com a gente? – indagou um dos homens.

Apenas por lhe dirigir a palavra, Toby percebeu que os órfãos ali realmente não seguiam as regras do restante das colinas. Reparou também que o órfão que lhe convidou para jogar era, como todos os outros que vira naquele lugar, muito bonito e educado. Após o convite, ele abriu um largo sorriso, evidenciando dentes perfeitos.

– Eu não sei jogar – o menino disse, timidamente.

– Deixe disso, venha. Eu o ensino – falou o órfão.

Toby foi até ele e, quando o olhou bem de perto, sentiu um novo salto no coração. Passou uma tarde com aquele homem, aprendeu a jogar e ouviu histórias divertidas e engraçadas. Nem percebeu o tempo passar, tamanha a vontade de ficar ali com ele. Despediu-se quando a lua havia ocupado o lugar do sol. Antes de ir embora, no entanto, foi falar com Clóvis e avisá-lo de sua decisão.

– Como você viu – respondeu Clóvis –, nossos órfãos são perfeitos fisicamente.

– Isso não me importa – garantiu o garoto. – Eu nunca quis escolher um pai por sua aparência, mas sim pela forma como meu coração se sentisse ao lado dele. Eu acabei de passar um dos melhores momentos da minha vida ao lado desse homem e meu coração o reconheceu como o pai que procurava.

– Eu compreendo. Entretanto, nós enviamos pais para quem está na lista de adoção e tem exigências altas. E você não está na lista.

– Eu fiz mais do que entrar na lista. Eu vim até aqui. Caminhei por todas as colinas e vim até o último orfanato pessoalmente.

– De fato, as crianças nunca nos visitam, apenas registram os pedidos de pais perfeitos.

– Por favor, abra uma exceção. Não envie o pai que eu escolhi com o coração para uma criança qualquer que o encomendou apenas por traços físicos. Minha escolha vai muito além. Se você de fato se importa com o valor real da adoção nesta cidade...

– É claro que me importo! Nós trabalhamos arduamente para atender a demanda de pais perfeitos que os métodos convencionais não conseguem suprir. – Pensando um pouco mais, o homem finalizou: – Você tem razão, Toby, algo extraordinário aconteceu hoje. Você escolheu seu pai por questões que vão além do que a maioria se importa. Apenas isso deveria ser suficiente para abrir uma exceção e deixar que você fique com o pai órfão que decidiu. Contudo, há algo mais a pesar na decisão, e isso eu poderei usar de justificativa quando me questionarem por que deixei que você ficasse com um órfão deste local sem estar na fila da adoção. Nosso sistema de fabricação de pais perfeitos funciona plenamente em 99% dos casos. O homem que você escolheu faz parte da minoria e possui algumas falhas. Sendo assim, talvez não seja aceito pelas crianças que estão na fila. Não vejo motivos para não atendermos seu pedido. Amanhã, mandaremos entregar o pai que você escolheu.

O caminho de volta pareceu muito mais rápido. Toby estava com pensamentos transbordantes o acompanhando. Tucano não apareceu mais porque o garoto agora sabia muito bem caminhar sobre aquelas trilhas que o conduziram até seus sonhos.

Ele passou pelos orfanatos que visitara mais cedo, andou pelas colinas e finalmente começou a descê-las. Alcançou a cidade e a Praça dos Anjos, onde o coral se apresentava no coreto. Percorreu a Avenida dos Picolés. Muitas lojas já estavam fechadas.

Toby pensou que, por ser tarde da noite, deveria apertar o passo. Cotton já estava sozinho há bastante tempo. Dias haviam se passado sem que visse o amigo, desde quando Tucano batera à sua porta e o levara até o jardim. Por mais que o animal fosse treinado a cuidar de si próprio, a saudade também era grande.

Enquanto voltava para casa, ele não podia deixar de pensar em como tinha mudado nos últimos dias e nas maravilhas que vivenciara. Era reconfortante estar de volta e escutar a canção que vinha da praia.

Chegou ao seu casebre e encontrou o pônei na porta, o esperando:

– Meu amigo, desculpe-me a demora. Tive dias incríveis! Nossos pais chegam amanhã!

Eles foram caminhar na beira da praia, o silêncio cortado apenas pelas ondas cantantes e pelo coral ao longe. Tanto o garoto como seu pônei tinham muito sobre o que refletir. Suas vidas haviam mudado para sempre, pois agora teriam uma família de verdade.

Aquela era a última noite que Toby dormiria sem um pai e uma mãe em seu casebre. Cotton, por sua vez, compreendia a importância daquele momento e olhava para o amigo com ternura.

O mar parecia reverenciá-los com exuberante beleza, repousando delicadamente sobre a areia. A lua, a reinar no céu límpido, trazia uma certeza: a família, que Toby escolhera com o coração, estava a caminho.

# Imperfeições da perfeição

*– Fique à vontade, pode escolher meu nome – disse o pai. – Mas escolha um nome bonito, que combine com a perfeição dos meus olhos.*

O sol que ilumina a Cidade dos Sonhos
e todos os sonhos que há nela,
todos os sonhos que há mundo afora,
brilha forte nessa terra de ninguém,
mais do que em qualquer outra.
Olha por aqueles que precisam de sua luz
e por aqueles que pensam não precisar.
O dia em que todos abrirem espaço
nos corações
e deixarem que você entre,
o mundo será de canções,
luz, felicidades!
E versos, por que não?
Eu sou um contador de histórias,
sou o narrador que descreve sonhos,
sou igual a você, sol nosso.
Também ilumino,
não tenho raios,
mas, nos corações que se abrirem e me cederem espaço,
eu levarei a luz,
Versos, frases, histórias.
É uma promessa.

Como você pôde perceber, não consegui me conter dessa vez. Os versos e as histórias são parte de meu ser, e venceram-me. Continuemos.

Como os pais só seriam entregues na parte da tarde e Toby não conseguia ficar em casa pela ansiedade, resolveu caminhar pela Avenida dos Picolés. Andava distraído quando ouviu alguém gritar o seu nome. Ao virar-se, viu sua colega de escola, Naomi.

Ela correu em sua direção e o alcançou:

– Que bom encontrá-lo por aqui, Toby! Ouvi dizer que você foi até o jardim dos tucanos e às colinas, finalmente, e só voltou ontem!

– É verdade.

– Como você sabe, eu também fui até lá e visitei vários orfanatos quando chegou a hora de adotar meus pais – a menina falou.

– Disseram-me que poucas crianças fazem isso. A maioria apenas prefere ir até lá e preencher fichas para entrar na lista de adoção.

– Infelizmente. Conheço poucos que visitaram vários orfanatos até fazerem uma escolha, como nós. Mas tenho certeza de que é a melhor forma de se construir uma família. Como vamos ajudar nossos pais se não conhecermos o passado deles?

– Concordo. Fiquei impressionado com tudo que vi lá.

– Eu também. Você conheceu a louca?

– Sim – disse o menino, lembrando-se da mulher de número 637.

– Eu tive pena dela e do companheiro.

– Companheiro?

– Quando fui às colinas – explicou Naomi –, ela e um homem sentavam sempre na escadaria do orfanato onde viviam. Todos diziam que eles eram loucos e tramavam fugir daquele lugar e, depois, criar uma guerra na cidade.

– Isso é possível? – perguntou Toby.

– Eu achava que não – continuou Naomi –, porém o homem louco conseguiu fugir do orfanato há um tempo e ninguém sabe onde ele está. Arturzinho está fazendo o possível para que a história não se espalhe e cause tumulto, mas devemos tomar cuidado. O homem tem raiva por não ter sido adotado e ninguém sabe do que ele é capaz.

– E como você sabe disso tudo?

– Minha mãe trabalha como assessora do prefeito.

Toby tentou mudar o rumo da conversa:

– Sua adoção foi um sucesso, não?

– Sim, foi – disse a menina. – Falando nisso, já vou indo. Papai está me esperando para irmos brincar na praia. Mas, prometa-me, Toby, que não contará nada disso a ninguém e que tomará muito cuidado.

– Eu prometo.

Toby despediu-se da amiga, um tanto intrigado e confuso com as informações. Aquela órfã chamada de louca parecia inofensiva. Ela apenas tinha expressões de tristeza e um comportamento excessivo, nada mais. Talvez fosse exagero de Naomi.

Ele continuou andando, encontrou outros amigos pelo caminho, tomou alguns picolés e ganhou balas dos palhaços pelas calçadas. Quando chegou à região central, percebeu que estava ocorrendo um grande tumulto à frente da sede da instituição pró-adoção. Havia gritos e protestos.

Resolveu perguntar para um homem ao seu lado o que estava acontecendo:

– Os membros da pró-adoção e os simpatizantes querem que Arturzinho volte atrás em sua decisão.

– Qual decisão?

– Hoje, os primeiros órfãos eternos chegaram para fotos e passeios com as crianças.

Toby lembrou-se de Edgar e do que ele lhe explicou sobre o assunto:

– Eu soube que os supervisores dos orfanatos fariam uma reunião sobre isso – disse.

– Está bem informado, garoto! – disse o homem, em meio ao barulho. – Mas de nada adiantou a reunião dos supervisores. A situação está difícil, pois os rebeldes estão pressionando e, segundo fontes confiáveis, ameaçando Arturzinho, caso ele retroceda.

– E o que os membros da pró-adoção vão fazer?

– Não sabemos. Por enquanto, tentar ajudar os órfãos eternos de todas as formas possíveis e impedir que os rebeldes os humilhem e os aprisionem.

– Eles irão morar por aqui? – perguntou Toby, que começava a entender o problema com mais clareza.

– No casarão dos rebeldes – disse o homem, sussurrando. – Devemos rezar para que tenham piedade deles. Dentro desse grupo contra a adoção há alguns ainda mais radicais, e que podem chegar a ser cruéis, também segundo se diz por aí.

– Mas são apenas crianças, não são? Os rebeldes.

– Não se engane. Você sabe que, em nossa cidade, não medimos as idades. Temos uma noção aproximada do tempo. Por exemplo, os pais órfãos que demoram muito a ser adotados atingem uma fisionomia de descrença e velhice, virando órfãos eternos. Conseguimos até ter uma noção de que se passou um ano, ou uma década, mas são apenas especulações, nada concreto. O sol dourado surge automaticamente no peito do órfão quando ele passou da época de ser adotado, marcando-o para sempre como um ser solitário, sem direito a uma família. Dessa forma, fica claro como a idade é uma questão inexistente para nosso povo. As crianças e os jovens rebeldes podem ser mais velhos e experientes do que qualquer um dos adultos. A única regra de idade que há na Cidade dos Sonhos é que crianças nunca se tornarão adultas, pois deverão exercer o papel de filhos para sempre. Contudo, nos sentimentos essas crianças envelhecem, ou amadurecem, perdendo muitas vezes os traços da infância e se tornando lobos em pele de cordeiros.

O homem respirou fundo e disse algo que, aparentemente, não sabia se podia dizer:

– Além disso, há sim adultos simpatizantes que os apoiam e os ajudam.

– Adultos no grupo dos rebeldes? Órfãos eternos que fugiram e se juntaram a eles?

– Sim, mas também há... Desculpe-me, isso pode ser um pouco chocante.

– Por favor, conte – pediu Toby.

– Também há pais já adotados no grupo.

Toby não conseguiu processar a informação. Era terrível demais para ser verdade.

– O que os tucanos dizem a respeito disso? – indagou.

Contudo, antes que pudesse ter respostas para qualquer uma das muitas dúvidas que surgiram em sua cabeça, o homem sumiu na multidão. Toby, sentindo-se perplexo e até entristecido com tudo aquilo, resolveu caminhar até a praça dos Anjos e refletir com um coelhinho no colo.

Porém, a paz também não existia na praça. Até os coelhos haviam se escondido entre as flores e desaparecido de vista. Arturzinho estava no coreto, proferindo um discurso:

– Queiram se acalmar! – ele dizia aos manifestantes. – A nova lei trará apenas benefícios. Os pais que nunca foram adotados terão a oportunidade de se sentir parte de uma família.

Os gritos eram muitos e Toby mal conseguia escutar o que o prefeito dizia. Pelo tom nervoso de Arturzinho, por sua expressão e pelo discurso incoerente, Toby sentiu que ele realmente devia estar sendo pressionado.

Foi então que os gritos silenciaram e os olhares se voltaram para uma mulher que acabara de entrar na Praça, de mãos dadas com uma criança. Ela tinha expressões desgastadas pelo tempo e raios de sol dourado, parecendo uma forte tatuagem, emergindo de sua blusa na altura do peito e cobrindo-lhe parte do pescoço.

O que mais chamava a atenção eram suas canelas. Elas estavam presas por uma corrente.

– Vejam! – ecoou a voz de Arturzinho. – Vejam como ela está feliz!

Todos a olhavam espantados. Ela acenou e disse, sorrindo:

– Estou muito feliz!

Toby percebeu que ela não estava sendo sincera e sentiu raiva de tudo aquilo. Dos rebeldes, dos radicais, das pessoas que não se importavam com as outras, nem com seus sentimentos. Decidiu que não continuaria a assistir àquela falta de vergonha.

Teve pena de Arturzinho. O prefeito tinha um enorme coração e devia estar sofrendo muito com a situação. Toby não queria nem imaginar o tipo de pressão ao qual ele estava sendo submetido. Voltou para o casebre e foi dar uma volta de canoa.

No início da tarde, alguém bateu à porta da casa de Toby.

Ele atendeu bastante ansioso e eufórico, deparando com uma assessora do prefeito.

– Parabéns pela adoção – ela disse. – Por favor, assine aqui.

Em seguida, a assessora entregou os pais ao garoto e foi embora. Os três ficaram se olhando, sem nada dizer. Era uma situação, no mínimo, estranha. Imagine ser apresentado ao seu filho e ao seu novo marido – e vice-versa – de uma vez?

– Entrem – disse Toby, finalmente.

Ele mostrou a casa de madeira onde vivia. Basicamente, era formada por um quarto, um banheiro, uma cozinha e a baia do Cotton, além de uma agradável varanda sobre as águas do mar, onde repousava uma rede, da qual se escutava com privilégio a canção da praia.

– Eu dormirei na rede – disse o garoto.

– Uma bela casa – o pai falou, olhando ao redor.

– Que bom que gostou – Toby ficou aliviado. E então, dirigiu-se à mãe: – E você, o que acha?

– Acho apenas que você não pode me obrigar a ser esposa de um rebelde!

Dizendo isso, ela saiu do casebre e partiu rumo à cidade. Toby tentou segui-la, mas desistiu. Ficou apenas a contemplar o mar, em silêncio. Logo, seu pai se aproximou:

– Ela precisa de um tempo – disse o homem.

– Eu sei. Por isso deixei que fosse caminhar sozinha. Eu quero que ela seja feliz, espero ter feito uma escolha certa.

– Você fez. Afinal, não poderia ter um pai mais bonito, não é?

Toby achou o comentário um tanto inconveniente, porém, apenas sorriu.

– Você estava muito alegre naquele dia em que estive no orfanato – ele disse ao pai. – O que aconteceu?

– Eu continuo alegre! – respondeu o homem. – Apenas me assustei com a reação de sua mãe, ela parecia zangada e me fitava com raiva desde que descemos as colinas. Continuarei alegre e sem medo, se você quiser assim. Posso ser exatamente como você desejar. Sou um pai perfeito!

– Ela parece não gostar do fato de você ser perfeito.

O pai corou, mas tentou se explicar:

– Ela é influenciada pelo restante das colinas, que espalha calúnias a respeito do meu orfanato, só porque seguimos nossas regras. Na verdade, tudo é questão de inveja, já que somos perfeitos!

– Fui informado de que você tem algumas falhas. Só estou comentando, não me importo com isso. Também tenho muito defeitos – disse o garoto.

– Não tenho falhas! Quem lhe disse isso está mentindo! Sou completa e indubitavelmente perfeito!

Toby, mais uma vez, achou-o convencido e estranho. Porém, decidiu partir para um tópico importante: o nome!

– Eu vou registrá-los. Precisamos escolher um nome para você e para a mamãe antes.

– Fique à vontade, pode escolher meu nome – disse o pai. – Mas escolha um nome bonito, que combine com a perfeição dos meus olhos.

– Olhos? Qual é o seu problema? Você não falou essas besteiras quando nos conhecemos no orfanato!

– Problema? Eu não tenho problemas. Sou perfeito.

– Pare com isso! Ninguém é perfeito!

– Está bem – falou o pai, sorrindo. – Se você prefere, posso parar de falar dessa forma. Farei tudo o que você desejar.

– Ótimo! – disse Toby, sem paciência. – Então, comece escolhendo o próprio o nome.

– Eu? Você tem certeza de que não prefere...?

– Tenho certeza. Quero que se sintam à vontade e que tenham o direito de escolher o próprio nome. Direi isso à mamãe, assim que ela voltar. Agora, pode escolher o seu.

– Eu sempre pensei em algo ousado, assim como minha personalidade. Mas também tem que ser um nome atraente, como minha beleza...

Toby respirou profundamente, contando até dez. Estava certo de que fizera a pior das escolhas. Seu coração devia ter errado terrivelmente, algo que ele nunca pensou ser possível. Os tucanos não haviam alertado sobre essa possibilidade. Agora ele tinha uma mãe que não queria estar ali e um pai que era obcecado com a suposta perfeição.

– Que tal Brad Pitt? – perguntou o pai.

– O quê? – indagou Toby, inconformado.

– Não gostou? Muito simples? Também achei. Antonio Banderas, então? Napoleão Bonaparte? Também não? Bem, então terá que ser algo mais básico, como Isaac Newton ou Pablo Picasso.

Toby ouvia aquele monólogo do pai, aparentemente mergulhado em seu ego, cada vez mais se convencendo de que errara completamente em sua escolha. Aquele homem mais parecia uma fonte inesgotável de narcisismo.

– José! – disse Toby, sem pensar – Seu nome será José!

– Um pouco simples, não acha? Eu sei que exagerei antes, mas pense que Antonio Banderas combinaria mais...

– Não quero saber – disse Toby. – Seu nome será José.

– E o da minha esposa?

– Vou dar a chance de ela escolher, desde que não entre em devaneios, como você.

Dizendo isso, Toby pegou Cotton e saiu para um passeio, deixando José sozinho, a contemplar o mar e ouvir sua canção.

– Será que errei tanto assim? – Toby se perguntava. Lembrou-se das palavras de Naomi: "Como vamos ajudar nossos pais se não conhecermos o passado deles?".

Talvez estivesse ali, naquelas palavras, a chave para seus problemas.

# Tudo de errado que há no mundo

*Aquilo representava tudo o que havia de errado no mundo.*
*Ele não faria parte do sistema, jamais.*

Os fortes raios de sol, daqueles que nós, na Terra, não temos noção da energia e da intensidade, penetraram no casebre de madeira, encontrando Toby adormecido na rede. Ele havia ficado andando sem rumo, junto de Cotton, noite adentro. Então, já com as ideias mais frescas, voltara para casa. Encontrara o pai a dormir na cama, sem sinal algum da mãe, e se acomodara na rede.

Arrependera-se de como o tratara na hora da escolha dos nomes. O pai exagerara, porém Toby fora muito severo em seus pensamentos e em suas palavras. Resolvera esquecer-se daquele episódio e deixar que o pai se adaptasse à nova vida em seu ritmo. Suas origens ditavam como se comportava, e ele merecia um período para se acostumar com tantas mudanças.

O sol que o saudava naquela manhã refletia tão vorazmente em sua face que ele foi acordado pela claridade.

– Bom dia! – José o recebia com uma bandeja nas mãos. – Preparei um delicioso café da manhã para meu filho!

Toby sentiu-se animado e foi tomar café com o pai. Ele sentiu ainda mais que havia sido injusto em seus pensamentos a respeito de José, no dia anterior. Agora, este parecia completamente inofensivo, educado e alegre. Além disso, estava lhe trazendo um delicioso café da manhã. O que mais ele poderia querer?

Apreciaram a refeição e, então, saíram para seu primeiro passeio de canoa.

– Eu queria que a mamãe estivesse aqui – disse Toby, no momento em que eles passeavam pelo mar.

– Eu também queria – falou José –, mas tenho certeza de que ela irá voltar. Ela apenas precisa de um tempo sozinha.

– Você está certo, papai. Ela já sofreu muito na vida, devo dar o tempo que ela precisa para se adaptar. Mas não consigo deixar de ficar preocupado, pois há revoltas acontecendo no centro. Mais do que tudo, queria que estivéssemos juntos como uma família.

Toby espantou os pensamentos ruins e resolveu aproveitar o passeio com José:

– Papai, você sempre sonhou em ser adotado?

O homem olhou para o mar e respirou profundamente, como se estivesse refletindo a respeito daquela pergunta:

– Sim, meu filho, sempre. Desde que me conheço por gente, eu sempre sonhei com o dia em que seria escolhido. Com o dia em que poderia acordar meu filho com um belo café da manhã e passar o dia contando histórias e fazendo brincadeiras com ele.

Toby sorriu.

– Contudo – continuou José –, em todos esses sonhos havia uma esposa junto de mim. Uma mulher que me amava e me ajudava a cuidar da criança que tinha nos escolhido.

– Isso vai acontecer, papai.

– Eu tenho certeza disso. Afinal, não há um ser humano naquelas colinas que não tenha os mesmos sonhos que eu. Sua mãe está apenas se fazendo de durona, logo ela irá ceder.

Como nos sonhos de José, e também de Toby, eles passaram a manhã inteira contando histórias e brincando. Toby se divertiu como nunca ousara imaginar que pudesse. Estava mais feliz do que nunca. José era realmente o pai perfeito. Embora o incomodasse cada vez que ele dizia isso.

Ele era divertido, alegre, companheiro, carinhoso e sempre disposto a realizar todos os desejos do filho. Nada – nem sua autoestima exacerbada – se comparava às inúmeras qualidades que ele tinha. Além de tudo, ele também adorava animais. À tarde, o próprio José sugeriu que ele e Toby fossem sentar no gramado e fazer companhia a Cotton, enquanto assistiam ao pôr do sol no mar.

– Que cena linda – falou Toby.

– Sim, uma beleza de se ver. Nossa cidade é um paraíso.

Foi a vez de o filho refletir sobre algo que o pai dissera:

– As colinas e o lado esquerdo da cidade não são exatamente o paraíso.

– Você está certo. Esse é o preço que pagamos para viver em um lugar dos sonhos.

– Papai, o seu orfanato parecia muito divertido.

– E era. Eu tinha bons amigos e era feliz lá. Mas nada se compara a ter uma família.

– Eu não quis dizer isso – falou o menino. – Quis dizer que seu orfanato era diferente. Ele parecia mais divertido do que os outros e sei que não seguia as regras das colinas.

– Toby, o orfanato de onde vim é chamado de rebelde, e isso tem um motivo.

– E eu não posso saber o motivo?

– Claro que sim, meu filho. Não fazemos nada de errado, apenas...

– O que, papai?

José havia parado de falar por outro motivo. Não era por não querer contar sobre seu passado ou sobre o local do qual viera. Era simplesmente porque sua esposa tinha retornado e chegado ao gramado de onde apreciavam a vista da praia, com Cotton.

Ela estava com os olhos inchados. Provavelmente, chorara por muito tempo. Toby, ao vê-la, abriu um largo sorriso e correu ao seu encontro:

– Mamãe, mamãe, que bom que você voltou! Eu tive tanto medo, mamãe, de que você não voltasse, de que não tivesse gostado de mim, de nossa casa.

– Não é isso, Toby – disse a mulher.

– Então é o quê?

– Você não pode me obrigar a ficar casada com um rebelde!

– O papai é legal, mamãe, juro. Você vai gostar dele.

Assistindo à cena, José virou-se para a esposa e disse:

– Dê-me uma chance, não me julgue.

– Você, um sujeito que preza apenas pelas aparências, quer me falar sobre julgamento? – questionou a mulher.

– Como você sabe que ele é assim, mamãe? – perguntou Toby. – Você nem o conhece!

– E nem pretendo – disse ela. – Seu pai é igual a todos os que vêm daquele orfanato. Vai dizer que não reparou em como ele se acha perfeito?

Toby ficou triste ao perceber que ela tinha, talvez, um pouco de razão.

– Ele realmente tem uma visão um pouco generosa demais de si mesmo – disse o menino, com cautela. – Porém, passei muitas horas com ele, hoje. Você ficaria surpresa, mamãe, ao ver como ele é engraçado, companheiro e carinhoso.

– Ele já conquistou você, não é? É treinado para isso.

– Ele já me conquistou por ser meu pai! E você é minha mãe, nada vai mudar isso. Você sabe que, uma vez feita uma adoção, não há como voltar atrás. Eu não posso devolvê-los e escolher outros pais. E eu nem quero isso, eu já amo vocês.

Ao ver que o filho chorava, a mãe resolveu parar com aquela discussão. O pai observara a cena em silêncio. Embora sendo ele o assunto, resolveu manter a postura e a classe. Aquela mulher, de certa forma, o instigava. Ninguém jamais expressara sentimentos negativos contra sua pessoa. Seria um desafio. Mas ele gostava de desafios.

José não se importou quando a esposa e o filho saíram para caminhar à beira-mar, deixando-o para trás. A verdade é que mãe e filho precisavam conversar. E se conhecer. E se compreender:

– Mamãe, eu quero que você escolha seu nome.

– Isso é muito bondoso de sua parte. Nunca ouvi falar de uma criança que tenha deixado sua mãe escolher o próprio nome – disse ela, mais desarmada.

– Eu quero que você seja feliz – falou Toby.

A mãe sorriu, e completou:

– Eu sempre tive o sonho de me chamar... Maria.

– Então, Maria será – disse o menino, pensando em como ela iria reagir ao saber que o marido se chamava José.

Assim, Maria e o filho ficaram observando o mar. Era uma tarde bonita e as águas estavam calmas, envolvendo a terra em um gostoso e demorado abraço. Para completar a paisagem banhada pelo pôr do sol mais intenso que podia existir, borboletas e beija-flores sobrevoavam o mar, bem próximo de onde Toby estava com a mãe, realizando uma dança sobre as águas.

Era engraçado. E lindo de se ver.

Na volta para casa, caminhando sorrateiramente à beira do mar, Toby criou coragem e fez a pergunta que tanto o incomodava:

– Mamãe, por que você tem tanta raiva do papai, sem nem ao menos conhecê-lo?

Maria parou de caminhar e ficou contemplando as águas. Toby chegou a duvidar de que ela tivesse ouvido sua pergunta. Parecia tão distante e perdida em pensamentos...

– Mamãe, você ouviu o que eu disse?

– Sim, meu filho, me desculpe. Eu estava apenas refletindo.

Mãe e filho se sentaram na areia, com a água banhando seus pés todas as vezes que o mar avançava em direção à praia, convertendo o arrebentar das ondas em música.

– Eu estava pensando... – começou Maria – ... como, de repente, os valores se inverteram.

– Como assim? – questionou o garoto.

– Eu existo há muito tempo. Como os demais na cidade, não sei minha idade exata, nem minha origem, só que estou viva há muito tempo. Tempo suficiente para lembrar de que antigamente os valores eram outros. Hoje, tudo se baseia em aparências.

– Mamãe, eu não estou entendendo. Isso tem a ver com o fato de você não gostar do papai?

– Sim, Toby. Você irá entender.

Maria continuou:

– Em outra época, lembro-me bem de que, na hora de se escolher um pai para adotar, as crianças escolhiam os mais carinhosos, alegres, divertidos, companheiros. Agora, optam pelos mais bonitos e, aparentemente, perfeitos. Isso tudo foi me deixando infeliz. Cada vez mais, um número menor de crianças chegava ao nosso orfanato. Primeiro, por ele ficar mais afastado dos demais. Então, os que subiam as colinas acabavam por escolher entre os mais próximos e mais bonitos orfanatos. Segundo, porque a maioria das crianças passou a preferir apenas preencher um documento com as características exatas que desejava que o pai e a mãe tivessem. Com isso, os funcionários buscavam os órfãos que mais se adequavam e entregavam, sem que o filho tivesse dado uma chance aos demais órfãos. E foi assim que surgiu o orfanato de onde seu pai veio.

– Como? – indagou Toby.

– Alguns órfãos eternos, já tão machucados com o desgaste vivido e sem esperança alguma de ter uma família, passaram a se adequar àquilo que a sociedade pedia: a perfeição física. Foi uma forma de se sentirem mais próximos de uma comunidade da qual nunca fizeram ou fariam parte. Eles se uniram e fundaram o orfanato dos rebeldes. Nunca se preocuparam com as regras das colinas. Ergueram o orfanato o mais distante possível, para que não ouvissem os alarmes e não precisassem seguir nossas regras e horários. A preocupação deles não era gerar pais que tivessem disciplina, que trabalhassem arduamente ou que fossem cultos e inteligentes. Pelo contrário, a única terapia ocupacional que existe para os órfãos de lá são inúmeras salas de jogos e passatempos variados, apenas para espantar o tédio dos fins de tarde.

Toby lembrou-se vividamente do dia em que esteve no orfanato dos rebeldes. O que a mãe dizia fazia sentido. Ele, inclusive, havia conhecido o pai numa sala de sinuca.

A mãe continuou sua explicação:

– Esses órfãos eternos passaram a fabricar pais perfeitos fisicamente, atendendo a demanda que vinha da cidade. Cada um dos pais era ainda mais lindo do que o outro. Em seguida, passaram a treiná-los também quanto às habilidades e emoções, para que se encaixassem ainda mais nos pedidos dos filhos.

– Eles só fazem pais?

– Sim, mas eles já têm um projeto para expandir o negócio e fabricarem mães também, já que, aparentemente, o plano foi um sucesso.

– Mas como os fabricam? – quis saber Toby, achando tudo muito estranho.

– Eu nunca estive lá, mas o boato que corre pelas colinas é que se trata de um esquema muito bem organizado, eles se preocuparam com os mínimos detalhes quando fundaram o orfanato dos rebeldes. Existem órfãos eternos que são especializados em encontrar homens que tenham algum potencial de beleza, uma espécie de caça-talentos que presta serviços a esse orfanato. Esses pais perfeitos em potencial, oriundos de orfanatos convencionais, após ser descobertos e encaminhados aos rebeldes, passam por uma linha de remodelação para que realmente alcancem a perfeição. Alguns órfãos eternos estudaram a fundo e se especializaram em cirurgia plástica e estética corporal. Os pais adotivos, primeiramente, passam por uma avaliação, quando são determinados os procedimentos cirúrgicos pelos quais devem passar. Então, após as cirurgias, que incluem lipoaspirações, implantes capilares, silicones, cirurgias faciais, odontológicas e oftálmicas, passam para a segunda parte do processo na busca da perfeição. Eles são submetidos a intensas atividades físicas, para que mantenham a forma, além de drenagens linfáticas e outras correções estéticas não cirúrgicas. Dizem que a academia de lá é imensa, extremamente moderna e bem equipada. O pai em processo de fabricação também passa a fazer parte de um treinamento, que envolve aprender a preparar as refeições preferidas do filho, contar histórias e fazer brincadeiras. Se a criança tiver mais alguma exigência, como um pai que saiba andar a cavalo, o órfão também é treinado para tal. Eles passam por outro treinamento para ser românticos com a futura esposa, para que formem um casal feliz e, dessa forma, façam o filho feliz. Além de ter acompanhamento psicológico, para que sejam extremamente divertidos e saibam lidar com crianças de forma habilidosa.

Toby olhava assustado para Maria. Ele se lembrava de ter visto um enorme prédio com paredes de vidro, nos fundos do orfanato, quando estivera lá. Ele não fora capaz de visualizar seu interior, e agora tinha certeza de que se tratava da academia enorme e moderna que a mãe descrevera.

Seu pai era tão legal, tão perfeito, não podia ser tudo resultado de um treinamento. De alguma forma, ele se sentia traído e enganado.

– Como o orfanato dos rebeldes ainda não faz mães – disse Maria –, os pais, ao finalizar o treinamento, vão até os demais orfanatos das colinas e escolhem a esposa que desejam. Então, são enviados para a casa da criança que os encomendou e passam a formar uma família. O que mais me entristece é que, nessas famílias planejadas, os valores cultivados e difundidos são apenas baseados em aparências. Valores como amor, caridade e compaixão não são nem citados. O que importa é o corpo perfeito, a imagem perfeita, a visão que a sociedade tenha que a família é perfeita, quando, na verdade, não passa de uma família vazia, sem tudo o que realmente importa.

– O papai é assim? – indagou Toby, com os olhos marejados de lágrimas.

– Com certeza – disse Maria. – E você está triste pois sabe que isso é verdade. Ele se acha lindo, maravilhoso, perfeito em cada aspecto. Eu sei que a culpa não é dele. Afinal, foi criado para ser assim. Surgiu em um mundo em que o ensinaram que ele é perfeito e que o que mais importa é a aparência. A culpa é de todos, é do sistema, é da sociedade.

– Então, por que você não gosta dele, se ele não tem culpa?

– Ele é sim uma vítima do sistema e do mundo onde nasceu. Porém, se eu der uma chance a ele, estarei dando uma chance àquilo que acho que há de errado no mundo. Desculpe-me, Toby, mas não posso ser parte disso. Eu me lembro de quantas vezes sonhei em ser adotada e em ter uma família que me amasse. O tempo passou e a inversão de valores foi tornando minhas chances cada vez mais escassas. Eu confesso que me fechei há muito tempo, já não queria ser adotada, ou fingia que não queria, vestindo uma carapuça de rocha firme e impenetrável. Mas você, Toby, fez surgir uma esperança em mim de que nem tudo estava perdido. Aquele dia, após você partir do orfanato tendo escolhido a mim como sua mãe, foi o dia mais feliz da minha vida. Eu não contei isso a ninguém, mas me tranquei em meu quarto e chorei. Chorei por todos os anos em que deveria ter chorado e havia silenciado. Chorei por cada chance que me escapou pelos dedos de ter uma família. Chorei por cada um dos órfãos que continuariam à espera. Chorei por todos os dias de tristeza que tive, mas que, ao olhar para você, meu filho, tive certeza de que não voltariam. Porém, no momento em que foram me buscar para vir para sua casa, vi quem você tinha escolhido como pai, como meu marido. Minha tristeza voltou. Só de olhar para alguém que tenha saído de um lugar como aquele orfanato dos rebeldes, eu entristeço. Ao lembrar de que aquele é um tipo de santuário que cultiva os valores inversos, valores que, de certa forma, impedem a todos de ser felizes.

– Mamãe, você tem que tentar, por mim... – disse Toby, dessa vez não lutando contra as lágrimas que insistiam em cair sobre sua face.

– Eu não posso, meu filho. Você estaria pedindo o impossível para mim. Eu prometo que vou ficar ao seu lado. Que irei ser uma boa mãe para você. Mas não fingirei que sou casada e feliz com seu pai. Seremos para sempre dois estranhos vivendo sob o mesmo teto por amor a você, Toby.

Ele pulou no colo da mãe e a abraçou. Ambos choraram copiosamente.

Era a primeira vez que o menino sentia que tinha finalmente uma mãe. Em seus braços, sentiu conforto e amor. Ele compreendia tudo o que a mãe dissera. Porém, não aceitava que o pai fosse horrível daquela forma. José era diferente, ele sabia disso. E não desistiria de fazer com que a mãe o aceitasse. Não importava o quanto iria demorar, eles seriam uma família feliz.

Os dias foram se passando e Toby cada vez mais percebia o quanto seria difícil sua tarefa de juntar os pais. A mãe não lhe dava uma chance, por menor que fosse. Ela cuidava da casa, brincava e lia para o filho e, a cada tarde, esperava-o voltar da escola para darem um passeio na praia. Porém, só fazia essas coisas se José tomasse parte.

Se o pai chegava em um horário de refeição, Maria parava de comer e se retirava. Se ele estava na praia, ela caminhava para o lado contrário. Se estivesse lendo para o filho e o pai se aproximasse, ela encerrava a leitura e fechava a cara na mesma hora, mostrando que ele não era bem-vindo.

José tentava falar com ela. Puxar um papo, fazer alguns elogios para ver se a conquistava. Mas ela continuava firme em sua decisão. A cada palavra que ele lhe direcionava, ela revidava com alguma ironia ou ofensa. Houve até um dia em que comprou flores numa loja na Avenida dos Picolés e levou para Maria, mas em poucos minutos as flores estavam picotadas no lixo.

Tudo isso deixava Toby muito triste. Ele amava a mãe. Ela era amorosa, companheira e eles se divertiam muito juntos. Sentia que podia contar com ela sempre, que ela o protegeria e amaria, incondicionalmente.

Por outro lado, ele também se divertia muito com o pai. Não conseguia enxergar maldade em suas atitudes. A verdade é que, apesar do que a mãe dissera e de Toby concordar que os valores verdadeiros, como o amor e a bondade, deveriam ser os mais importantes em uma família, não aceitava que o pai fosse só aparência. Ele acreditava no coração e nos sentimentos do homem que escolhera para ser seu pai. De fato, ele era muito bonito e perfeito em suas funções, porém também tinha dentro de si valores que Toby sabia que não poderiam ter surgido de treinamento algum. Ele era um homem bom. Se Maria lhe desse uma chance, José iria provar que era digno de ser seu amor. O problema é que Maria se recusava a dar essa chance.

José logo encontrou um emprego, como outros pais adotivos que desempenhavam variadas funções, de médicos a professores. O pai de Toby, tendo sido preparado para trabalhar como administrador, foi admitido para uma importante função na prefeitura da Cidade dos Sonhos e atuaria próximo a Arturzinho e seus assessores.

Assim, Maria passou a ter mais tempo sozinha com o filho. Quando o pai chegava, ela se retirava e os deixava a sós. Cada momento com um dos pais era maravilhoso. Contudo, Toby desejava de todo o coração que eles pudessem coexistir em paz.

– Caio, já não sei o que fazer! – ele desabafou um dia com o amigo.

– Você deveria ter encomendado os pais, assim não teria problemas.

– Mas também não haveria amor dessa forma.

– Ótimo. Então, aproveite separadamente o amor de cada um, sabendo que nunca formarão uma família.

Toby pensou no que Caio dissera. Novamente, o amigo não tinha razão. Continuava sendo insensível. Toby achou melhor mudar de assunto antes que eles discutissem:

– Minha mãe me explicou como é o processo de adoção daqueles que não querem escolher os pais pessoalmente, como você, que fez o pedido e está aguardando. E eu não entendo o motivo de tamanha demora. Você já está há muito tempo esperando.

– Você acha que é fácil que encontrem e produzam um pai perfeito, exatamente como descrevi?

– Não sei, mamãe me disse que eles fazem cirurgias e treinamentos de acordo com o pedido, sempre buscando a perfeição.

– Isso é verdade – disse Caio –, e a fila de pedidos é muito grande. Eu soube que meu pai já foi fabricado, passou por todas as cirurgias e correções estéticas que precisava para atender minhas exigências, mas que está em treinamento. Eu pedi que ele falasse dois idiomas e que soubesse fazer mergulho, então o treinamento deve demorar mais do que o normal. Depois, ele ainda escolherá minha mãe. Acho que terei que esperar mais um tempo.

Toby concordava com Maria. Aquilo representava tudo o que havia de errado no mundo. Ele não faria parte do sistema, jamais. Ainda acreditava na escolha certa, feita pelo coração. Por isso, sabia que o pai, apesar de ter sido criado em um mundo errado, era diferente e o amava de verdade.

Estava curioso quanto às imperfeições que disseram que o pai tivera no processo de fabricação. Talvez elas fossem essenciais e o tornassem mais humano. Toby estava, no fundo, agradecido por saber que o pai não era perfeito como dizia.

E ele queria, mais do que tudo, conhecer suas falhas.

# Um conto sobre plantas que choram

*– É a hipocrisia dos tempos modernos. [...] Eu tenho sofrido tanto, queria muito subir as colinas e escolher meus pais. Não sou menos digno do que as outras crianças.*

Em uma tarde qualquer, enquanto o sol infinitamente brilhante começava a se despedir de mais um dia, Toby encontrava-se aborrecido por mais uma discussão entre os pais e não quis sair para um passeio à beira do mar com Maria.

Ele ficou no casebre, junto de Cotton, olhando para as águas infinitas, em um vai e vem incessante que amenizava seu sofrimento. Maria saíra para uma volta. Com uma crescente sensação de que agira errado, Toby decidiu que deveria ir ao encontro da mãe.

Caminhou a passos apressados beirando o mar. Até as ondas pareciam compreender sua pressa e se intensificaram ao quebrar na praia, provocando uma música vibrante.

Ele não encontrava Maria. Teve medo de que a mãe houvesse decidido partir mais uma vez e que os abandonasse para sempre. Pensou que não deveria ter deixado que ela fosse caminhar sozinha. Deveria estar ao seu lado, como sempre.

Na vasta areia, ele não a via. Olhou para os gramados ao redor, e nem sinal dela. Continuou a caminhar, cada vez se distanciando mais de casa.

Já quase sem esperanças, ao contornar um rochedo na praia, ele a encontrou. Fez silêncio para que ela não percebesse que ele estava ali a observando. Ela parecia feliz, como Toby nunca havia visto. Dançava.

Sim. Maria dançava escondida atrás do rochedo, distante do mundo. Parecia entregar-se à dança e esquecer-se dos problemas. Ela parecia livre. Estava livre. Seus cabelos negros e compridos perdiam-se ao vento, em meio à brisa do mar. O longo vestido vermelho dançava ao redor de seu corpo, rodopiando feliz.

Toby aproximou-se e contemplou a mãe por muito tempo. Era mágico vê-la alegre e dançando feito um anjo. Ao tentar levantar-se em meio ao rochedo, escorregou e fez um ruído. Foi o suficiente para que Maria se virasse e percebesse a presença do filho.

–Você se machucou? – ela perguntou, ajudando-o a se levantar e chegar à areia.

– Não, mamãe. Estou bem. Aliás, estou muito bem. Adorei vê-la dançando.

– Eu sempre dancei, meu filho – ela disse. – Sempre gostei de dançar. Acho que é uma forma de eu me sentir livre, feliz e pensar que posso tudo. Sinto-me dona do mundo quando danço. E, se me permite lhe contar um segredo, eu sempre sonhei em ter um marido que soubesse dançar.

Filho e a mãe dançaram ali, atrás do rochedo, onde nada, nem ninguém, perturbaria aquela paz. Onde os problemas não chegavam e as injustiças do mundo estavam proibidas de entrar. Apenas eles e a música infinita do mar sobre o teclado de areia da praia que canta.

Toby não sabia dançar, mas podia improvisar.

Na verdade, podia tudo naquele momento. Ele estava feliz.

Vamos pausar a história agora por um momento e destacar o quanto a dança trazia paz a Maria e o quanto passou a trazer esperanças a Toby. Em um mundo errado, dançar parecia certo. E só isso bastava àqueles dois.

Veja só a que ponto as coisas chegaram. Os valores invertidos ganharam tanta força em nossa sociedade que passaram a existir também nos sonhos. E, dessa vez, não é apenas a força dos antissonhos se fazendo presente.

É a força de um sistema que nos é imposto desde sempre, fazendo com que valores invertidos se fixem, se façam verdadeiros e nos sejam tão normais que passamos a sonhar com eles.

Pobres de nós!

– Dançar? – perguntou José. – Isso foi uma das únicas coisas para as quais não fui treinado.

– Papai, você sempre diz que é perfeito. Eu tenho certeza de que conseguirá.

– Eu não tenho tanta certeza, meu filho. Eu nunca dancei na vida!

– Pois essa é uma ótima oportunidade para começar! A menos que você queira deixar as coisas como estão e tenha desistido de conquistar a mamãe.

– Não, não desisti. Você está certo. Eu sou perfeito. Não há nada no mundo que eu não saiba fazer.

– Assim é que se fala.

– Sua mãe irá se apaixonar perdidamente por mim quando me vir dançando.

– Calma, papai, se ela conseguir trocar algumas palavras com você, já estarei satisfeito – falou Toby.

– Nada disso, eu não me contento com pouco. É tudo ou nada. E, nesse caso, será tudo. Sabe, meu filho, aquela teimosa da sua mãe irá me amar um dia tanto quanto eu a amo.

– O que você disse? – indagou o menino, não acreditando em seus ouvidos.

– É isso mesmo – disse José. – Eu amo sua mãe. Desde o dia em que a vi a primeira vez, descendo as colinas, com a cara fechada e se recusando a olhar em minha direção. Eu sei que ela não parece uma atriz de cinema como eu merecia, mas ela é linda da maneira mais simples e natural possível. Além do mais, quem entende o coração? O meu decidiu se apaixonar por aquela teimosa.

O menino sentiu a esperança renascer. O pai nunca havia dito aquelas palavras antes. Ele iria conquistar a esposa, Toby podia apostar. Dessa forma, ele finalmente teria uma família "perfeita".

Certo dia, Toby estava sentado a sós com Cotton, no gramado. Alisava a pelagem do animal, enquanto olhava para o mar. Percebeu uma sombra formada pela intensidade do sol se aproximar.

– Olá, há quanto tempo! – exclamou Toby, ao constatar que se tratava de seu velho amigo, Oliver.

Era um garoto de sua altura, apenas um pouco mais robusto. Tinha a pele bastante branca, cheia de sardas, e os cabelos ruivos e cacheados.

– Olá, Toby! Eu estava dando uma volta e o vi de longe, e resolvi vir bater um papo.

– Que bom, eu senti sua falta. Por que sumiu? – perguntou Toby.

– Passei por uns problemas – respondeu Oliver.

– Eu posso ajudar?

– Creio que não. O pessoal que cuida dos processos de adoção não me liberou para adotar meus pais.

– Por que não?

– Dizem que eu não sou mentalmente capaz de me responsabilizar por um casal de órfãos.

– Não estou entendendo nada – falou Toby, que sempre gostou muito de Oliver.

–Você se lembra de que eu sempre disse que escutava as plantas falando?

– Sim, eu me lembro.

– Pois bem. Isso foi ganhando força em minha vida. Eu passei a realmente dialogar com as plantas, os animais, tudo ao meu redor, não apenas os tucanos. E isso não é escolha minha. Acredito que eles que me escolheram para ouvi-los.

– Continuo não entendendo.

– Eu tenho um dom – explicou Oliver. – Segundo o médico, eu tenho a capacidade de ouvir infrassons. As plantas, por exemplo, choram quando sofrem e cantam quando se alegram. Não é porque os ouvidos das pessoas não as escutam que elas não falam. Os infrassons são todos os ruídos extremamente baixos que os ouvidos humanos não conseguem captar. E, aparentemente, eu consigo. Eles são fatos estudados e comprovados no mundo inteiro. Entretanto, receio que o laudo médico não tenha sido suficiente. O pessoal da adoção concluiu que eu sou louco e, por isso, não mereço ter pais. Mesmo após ter sido chamado para conversar com os tucanos.

– Eles passaram por cima da decisão dos sábios tucanos? Nunca ouvi relato algum de que isso tenha acontecido antes!

– E nunca aconteceu – Oliver disse, com pesar. – Fui o primeiro caso. Os tucanos ainda estão tentando intervir a meu favor, mas é um caso difícil.

– Quanta besteira! Em uma terra onde somos aconselhados por aves a respeito da maior decisão das nossas vidas, ouvir infrassons de outras espécies e de plantas deveria ser algo normal!

– Exatamente. É a hipocrisia dos tempos modernos. Tudo o que é estranho e que se torna comum é aceito sem que se questione. Por outro lado, tudo o que é diferente, nesse caso, meu dom, é rotulado de loucura, quando na verdade deveria ser especial. Eu tenho sofrido tanto, queria muito subir as colinas e escolher meus pais. Não sou menos digno do que as outras crianças.

– Que belas palavras! Com essa atitude, tão madura e exemplar, você vai conseguir. Não desista... – falou Toby.

– Não tenho tanta certeza. Meus ouvidos estão se tornando mais apurados a cada dia. Ontem, eu ouvi uma rocha chorar por ter sido pichada e um peixe gritar por socorro ao ser pescado. Também comecei a escutar uma música doce, como se anjos cantassem, toda vez que o sol nasce, ou se vai, abrindo espaço para a lua. E o mais impressionante, comecei a ouvir alguns corações gritando por ajuda.

– Como assim? – quis saber Toby.

– Tenho escutado pelas ruas alguns corações chorando, pedindo por amor e outros sentimentos que estão em falta. Sem que seus donos saibam, eles estão doentes, feridos, precisando de atenção. Você acha possível que ainda me considerem normal?

– Não sei – disse Toby, um tanto confuso –, mas você não deve desistir, jamais.

– É bastante difícil – falou Oliver, para em seguida mudar de assunto. – E você? Eu soube que você adotou seus pais.

– Sim, eles são muito especiais. Meu pai se chama José e trabalha na prefeitura. Minha mãe se chama Maria, ela saiu para caminhar junto do mar.

– É uma mulher morena, de cabelos negros e compridos e vestido vermelho?

– Sim – respondeu Toby. – Como você sabe?

– Eu a vi dançando, atrás do rochedo. Foi engraçado. O coração dela cantava no ritmo da areia da praia...

Tantas vezes as ondas do mar diante do casebre de Toby se formaram e se quebraram na praia. Tantas vezes o sol nasceu forte, iluminando a Cidade dos Sonhos. Tantas vezes Toby saiu para caminhar com a mãe, sentou sobre a grama com Cotton e esperou a chegada de José, do trabalho.

Tantas vezes a lua chegou e se foi e uma nova manhã começou. Tantas vezes Toby olhou para os céus, pedindo que sua família se ajeitasse. Tantas vezes foi até a Praça dos Anjos para chorar após mais uma briga entre os pais. E tantas vezes ele dançou com a mãe atrás do rochedo, espantando os problemas, enquanto seus corações certamente cantavam.

O tempo se passava, dia após dia, levando e trazendo esperanças, assim como as ondas da praia iam e vinham ao encontro de Toby.

José estava fazendo aulas de dança, mas, por incrível que pareça, não levava jeito. Continuava a insistir e dizer que era capaz de tudo, mas o menino não via progresso, semana após semana. As perspectivas de que o pai conquistasse o coração da mãe eram cada vez mais escassas.

No começo, Toby achava graça vendo José voltar para casa com alguns machucados. Logo ele que se dizia tão perfeito. Porém, começou a ficar preocupado, à medida que as contusões se tornaram mais severas. O garoto estava perdendo aquilo que tanto prezava, a esperança. Chegou ao cúmulo de gastar suas últimas bananadas do mês em uma loja de carinho artificial.

Foi em uma noite fria, na qual o pai e a mãe discutiram por uma bobagem. Ele não quis ficar ali, não aguentava mais aquelas discussões. Saiu, sem rumo e, ao passar em frente a uma dessas lojas, pagou para ficar ali uma hora, na tentativa de vencer o desalento e a tristeza que o assolavam.

Era a primeira vez que ele se deitava em um colo artificial após a chegada dos pais. Foi muito estranho estar ali, com mãos mecânicas lhe fazendo cafuné na cabeça. Os colos artificiais tinham sua função quando ele ainda não era filho de ninguém. Agora, ele tinha colo de mãe e de pai para se deitar. Tinha mãos para lhe afagar os cabelos.

Sentiu-se ainda pior ao sair da loja e constatar que apenas o carinho dos seus pais verdadeiros poderia alegrá-lo, mas que eles estavam ocupados demais brigando. Mais uma vez.

Naquela noite, Toby dormiu na casa de Naomi. Não estava com paciência suficiente para suportar as alfinetadas de Caio sobre seus problemas – que, segundo o amigo, não existiriam se ele tivesse encomendado pais perfeitos. Também não queria incomodar Oliver com mais problemas. Naomi o recebeu de braços abertos.

Uma noite longe de todas aquelas discussões entre José e Maria. Era disso que ele precisava.

Na manhã seguinte, agradeceu à amiga e aos seus pais e foi caminhar. Entrou em algumas lojas de jogos para distrair-se. Tomou alguns picolés. Foi até a praça e ouviu a apresentação do coral. Viu quantas crianças estavam aderindo à ideia dos rebeldes e alugando órfãos eternos para servirem como seus pais por um passeio.

Aquilo o fez se lembrar ainda mais de Maria e de seu discurso sobre "tudo o que há de errado no mundo". Era hora de voltar para casa.

Ao entrar no casebre, Toby deparou com uma cena que lhe causou uma dor profunda, capaz de percorrer a espinha em uma fração de segundo e retornar, fazendo com que se atirasse ao chão na direção de Maria.

A mãe estava deitada, aparentemente desacordada. Não tinha ferimentos, porém, por mais que o filho a sacudisse. continuava a não responder. Toby constatou que seu coração pulsava. Ele precisava levá-la até um hospital. Desesperado, telefonou para a emergência.

Em poucos minutos, uma ambulância chegou para levar Maria, com o filho, ao hospital.

– Mamãe, aguente firme, você vai ficar boa... – dizia Toby, segurando sua mão. Ele não sabia, não tinha como saber, mas desejava que fosse verdade, de todo o coração. Ela não podia deixá-lo.

– Onde ela está? O que aconteceu com ela?

José acabava de entrar correndo pelo corredor do hospital.

– Acalme-se, senhor – disse uma enfermeira.

– Acalmar? Como, se nem sei o que aconteceu com minha esposa?

Toby, da sala de espera, reconheceu os gritos do pai e foi ao seu encontro.

– Papai, ela está com os médicos. Eles ainda não têm uma resposta sobre o que aconteceu.

– Não é possível. Eu não saio daqui sem uma resposta!

– Creio que terá que se contentar em saber que ela está bem, por enquanto – disse o médico, que acabara de chegar para conversar com pai e filho.

– Como assim, doutor? – questionou José.

– Sua esposa está bem. Já acordou, está cansada, mas logo a liberarei para receber visitas. Entretanto, fizemos todos os exames possíveis e não encontramos nada que tenha causado o desmaio e a perda de consciência.

– Ela sente alguma dor? – perguntou Toby.

– Sim, ela tem muita dor de cabeça e pontadas no peito – falou o médico.

José chorava. Em outras condições, Toby se sentiria feliz ao ver o quanto o pai se preocupava com a mãe. Ali, contudo, não conseguiu conter o choro.

Eles se abraçaram e Toby disse:

– Não há de ser nada, papai. Aposto que foi apenas um susto.

– Eu não diria isso – interrompeu o médico. – Com certeza ela está doente, apenas não conseguimos detectar a causa, ainda.

Após o médico liberar para que eles visitassem Maria, José disse:

– Eu não vou, não quero que ela se aborreça. Vá somente você, meu filho. Depois, volte e me conte como ela está.

– Ela precisa ver o quanto você se importa com ela, papai.

– Creio que isso não seja importante para ela. Eu sei que ela me odeia. Dê-me notícias, eu estarei aguardando.

Toby foi com o coração partido para o interior do hospital. Sabia que o pai tinha razão. Se ele fosse visitá-la, ela se estressaria e aquilo poderia agravar sua saúde.

O menino ficou feliz ao ver a mãe com os olhos abertos. Ela os girou na direção do filho e o encarou com ternura. Maria abriu lentamente a boca para dizer algo, mas Toby pediu que não o fizesse:

– Não diga nada, mamãe, poupe suas energias. Nós vamos descobrir o que há de errado com você.

No dia seguinte, Maria acordou muito bem. Parecia até que nada havia acontecido. Os médicos acharam tudo muito estranho, mas como não tinham motivos para mantê-la no hospital, ela voltou pra casa.

Toby foi se esquecendo daquele episódio com o passar dos dias. Ninguém mais falou da doença de Maria. Às vezes, ele julgava ter visto a mãe com as mãos na cabeça, como se estivesse com dor, ou no peito, como se uma faca a atingisse abruptamente, mas ela sempre negava e dizia que estava bem.

À medida que o episódio do hospital realmente se distanciava, as brigas entre Maria e José voltaram a se tornar frequentes.

Um dia, Toby estava passeando com Cotton e, quando voltou, encontrou os pais discutindo novamente sobre valores. Ele não costumava se meter nas brigas dos dois, porém não aguentava mais:

– Parem com isso! – berrou. – Vocês são meus pais, eu os escolhi! Vocês não podem simplesmente continuar agindo como se não formassem uma família. Já não aguento viver assim!

Ele gritava e soluçava e, após dizer aquelas palavras, bateu a porta e correu pelo gramado. Sabia que tinha passado dos limites, mas o impulso fora mais forte.

Naquele dia, Toby chorou. Chorou muito de dor, ao ver as pessoas que mais amava brigarem tanto. E também chorou por remorso. Ele não deveria ter sido tão duro com os dois. "Espero que me perdoem", era tudo o que conseguia pensar.

Já era tarde da noite quando criou coragem e voltou ao casebre. O lugar estava extremamente silencioso. Cotton dormia em sua baia e José estava na rede, também adormecido. A cama da mãe estava arrumada e vazia. Nem sinal de Maria. Toby deu uma volta nas proximidades do casebre e não a encontrou.

Então, pegou um casaco, pois a madrugada estava bem fria, e caminhou pela extensão da praia, lutando contra o vento forte e gelado e contra as ondas que avançavam cada vez mais em sua direção.

Chegou ao rochedo e, com muito esforço, fez o contorno, na esperança de que Maria estivesse ali. Para seu desapontamento, não havia ninguém naquele local.

Não quis perder tempo e saiu correndo em direção à cidade.

José acordou com o sol iluminando o casebre e com o barulho de Cotton, pedindo para ir até o gramado. Ele levantou, soltou o animal e só então se deu conta de que estava sozinho. Lembrou-se da briga do dia anterior e pensou que Toby e Maria tinham saído para conversar.

Olhou para a praia. Eles não estavam caminhando por ali, como de costume. Em seguida, enquanto criava especulações sobre o que teria acontecido, logo reconheceu os gritos de Toby ao longe, correndo em direção ao casebre.

– Papai! – o menino gritava.

José foi ao encontro do filho.

– Meu filho, o que aconteceu? Sua mãe foi parar no hospital novamente?

– Não, acabei de voltar de lá. Ela não apareceu no hospital. Também fui a todos os lugares prováveis em que ela poderia estar, percorri a cidade inteira. Ela não está em parte alguma. A culpa foi minha, papai, eu não deveria ter dito aquelas coisas.

– A culpa não é sua Toby, é minha! Onde será que ela está? Se você disse que correu a cidade inteira...

– Sim, papai. Só não fui a um lugar, e creio que é exatamente para lá que ela foi.

– Para onde? Vamos para lá, imediatamente!

– Eu creio que ela voltou para as colinas, papai.

# O maior crime da cidade

*– Eu odeio órfãos eternos. Se ela fosse uma, eu cuspiria em sua face.*

– Vamos buscá-la imediatamente! – gritou José.

– Papai, se ela realmente foi às colinas, não há nada que possamos fazer – explicou Toby.

– Como assim? Devemos ir e trazê-la de volta para casa!

– Papai, você veio do orfanato dos rebeldes e não é culpa sua que não esteja ciente das regras de adoção que imperam em toda a cidade. Eu sei que você veio de um mundo onde lhe ensinaram que tudo é perfeito, mas a realidade é outra.

– Você sabe a respeito do orfanato de onde vim? – indagou José, com o peito arfando.

– Sei sim, papai. Mas não o julgo, nem o amo menos por isso. A culpa não foi sua e eu conheço o seu coração o suficiente para afirmar que nenhum treinamento do mundo é capaz de estragar ou modificar o que você guarda aí dentro. Eu não o escolhi por sua beleza ou por ser divertido. Escolhi porque aquelas horas que passamos juntos no orfanato soaram como momentos que deveriam se repetir para sempre. Meu coração encontrou o seu e o reconheceu como meu pai. Eu não o escolhi, foi o destino que nos juntou. Nós sempre fomos pai e filho, tínhamos apenas que nos encontrar. Nada que digam a respeito do lugar de onde você veio irá mudar o que eu sinto. E nenhuma cirurgia ou treinamento foi capaz de mudar a sua essência.

– Meu filho! Tenho tanto orgulho de você.

– Entretanto, papai, ficar trancado naquele orfanato, passando por inúmeros procedimentos em busca da perfeição, teve o seu preço.

– De qual preço você está falando?

– Você, de certa forma, ficou alienado da realidade. Nossa cidade tem diversas leis e, embora seja a Cidade dos Sonhos, estamos passando por momentos difíceis e grandes problemas, principalmente relacionados com a inversão de valores que a mamãe também abomina. Eu a entendo. O interesse pela beleza e pela aparência fez com que o processo de adoção privilegiasse aqueles que são perfeitos por fora, em detrimento de sentimentos puros e verdadeiros, que formam a base de uma família de verdade. Além disso, o egoísmo do grupo rebelde tem pregado que a adoção não é interessante e que os órfãos não merecem ser tratados de forma igual a nós. Então, a mamãe tem razão no que diz. Ela só não tem razão quando afirma que você é igual a essas pessoas. Ela se esqueceu de que, em meio a um grupo de errados pode haver um que seja certo, uma exceção. Ela não entendeu que meu coração não errou na escolha. Você é o meu pai e é um homem de bem.

José chorava ao ouvir as lindas palavras do filho.

– Quando disse que você se alienou da realidade, papai, eu me referi a algo muito importante, que pode mudar nossas vidas para sempre – continuou Toby. – É lei aqui que um pai ou uma mãe adotiva, se renunciarem aos seus cargos e retornarem às colinas, jamais terão o direito de ser adotados novamente. Passarão automaticamente a ser órfãos eternos. E, como o próprio termo diz, uma vez que se torne um órfão eterno, essa condição é para sempre, nada será capaz de mudá-la e, inclusive, ela será marcada em seu peito naturalmente, como parte de seu ser.

– O temido sol dourado no peito – falou José, com pesar. – No orfanato dos rebeldes sempre nos ensinaram a alcançar a perfeição tendo como objetivo que o sol tatuado nunca nasça em nosso peito, e que devemos repudiar as pessoas que o tem.

Toby achou horrível a ideia de repúdio e o preconceito por trás daquelas palavras. Porém, tinha que continuar sua explicação rapidamente para o pai, para que não perdessem mais tempo na busca por Maria.

– Papai, se a mamãe realmente subiu às colinas, ela não será mais minha mãe, tampouco será sua esposa. E a lei também diz que, se isso acontecer, eu nunca mais poderei ter uma mãe. Por isso, o processo de adoção deve ser muito consciente, seguindo-se os conselhos dos sábios tucanos, que possuem apenas bondade em seus corações e a compartilham com todos nós. Eu pensei muito antes de subir às colinas e adotar vocês. Passei por dias de profunda reflexão e análise no jardim dos tucanos.

As palavras caíram como água fria sobre José. Ele se sentou, ou melhor, deixou-se cair sobre uma pedra próxima e as lágrimas lhe fizeram companhia.

– Não pode ser. Nós a perdemos para sempre! Por que a lei é tão severa com isso?

– Porque se trata do maior crime que se pode cometer entre nós. Existem milhares de órfãos em busca de uma família. Se um deles ao ter essa chance a desperdiça, é considerado crime contra os sonhos e desejos de milhares de pessoas, um crime contra nossas leis, nossa moral e contra o sistema que rege a Cidade dos Sonhos. A punição é a pior possível – nunca ter a chance de voltar a formar uma família. E, para mim, como filho, a punição também se dá por não ter escolhido o pai ou a mãe ideal e por ter deixado que um deles fugisse e voltasse às colinas, o que indica que eu não soube fazê-lo feliz.

– Isso não é verdade. Você é um filho perfeito... – disse o pai, ainda entre lágrimas.

– Mas, papai, a lei é para todos.

– Então, o que podemos fazer? – indagou José.

– Devemos continuar procurando

–Você disse que procurou pela cidade inteira. Não há esperanças.

– Eu sei. Mas não será exagero se procurarmos novamente. Ela pode estar andando e eu posso ter me desencontrado com ela.

– Eu irei procurar pelas ruas e por cada canto novamente – disse José. –Você virá comigo?

– Sim, é claro. Só subirei às colinas se for nossa última opção. Se não a encontrarmos em nenhum lugar, terei que subir. Sozinho.

– Sozinho? – indagou José.

– Se você subir, também estará renunciando ao seu cargo e, dessa forma, será considerado um órfão eterno.

José arrepiou-se com aquela expressão dita pelo filho e com a ideia de pensar em se tornar um deles. Pai e filho se separaram e cada um foi para uma direção à procura de Maria.

Toby, por conhecer melhor a cidade e seus lugares perigosos, rumou para o lado esquerdo. Ele havia estado ali na noite anterior, mas, como estava desesperado e achava que a mãe não estaria naquela região, não prestara atenção. Lembrava-se apenas de ter ouvido gritos. Pensando melhor agora, gritos no lado dos rebeldes no meio da noite soavam estranhos.

Ele passou pelo casarão que os rebeldes usavam como sede. Era uma enorme construção de paredes vermelhas, já desgastadas pelo tempo, com inúmeras janelas de vidros escuros, que davam um aspecto sinistro e repugnante ao lugar. Olhando atentamente para o casarão, era possível perceber que nenhuma luz penetrava pelas paredes e janelas extremamente escuras. Era claro que, na sede dos rebeldes, o sol não era bem-vindo.

Toby notou a presença de inúmeras faixas pregadas na fachada com dizeres como: *Adoção é para os ignorantes!*, *Abominamos a adoção!*, *Escravidão aos* órfãos eternos*!*

Ele sentiu um arrepio só de olhar para aquele lugar e ler aquelas faixas. Seria possível que a mãe estivesse ali? Se estivesse, seria ainda pior do que se tivesse subido às colinas. Os boatos acerca do que acontecia no interior das paredes daquele casarão eram os mais cruéis possíveis. A julgar pelos gritos que Toby ouvira na noite anterior, provavelmente eles eram verdadeiros. E pela cena que presenciaria a seguir, ele teria essa certeza: os rumores sobre as torturas com os órfãos eternos eram mesmo reais.

E pensar que os órfãos eternos foram trazidos até ali por meio de uma lei falsamente aplicada que dizia que eles seriam usados para passeios alugados com filhos e para posar em retratos de família. Na realidade, tudo não passava de uma desculpa para que eles pudessem descer as colinas sem que Arturzinho repreendesse os rebeldes.

O início da ação chocou Toby, que a assistia por trás de um poste. Uma mulher com aparência quase moribunda – cabelos desgrenhados na face, olhos arregalados de pavor e demarcados por profundas olheiras, silhueta caquética e hematomas por todo o corpo, envolta apenas por um lençol com marcas de sangue – foi jogada da entrada principal do casarão e caiu na escadaria à frente.

O lençol a descobriu e ela ficou imóvel. Toby pôde ver o sol dourado gravado em seu peito, com raios compridos e profundos. De dentro do casarão saíram pessoas. Para seu espanto, eram crianças e adultos que marcharam em direção à mulher caída no chão. Ofensas foram proferidas contra ela e chutes e pontapés desferidos contra seu frágil corpo, agora nu.

Toby não percebeu as lágrimas que desceram pelo seu rosto, por tristeza pela mulher e pelo medo excessivo de que sua mãe também tivesse sido capturada pelos rebeldes.

Após aqueles minutos desumanos, os rebeldes entraram no casarão, deixando a mulher sozinha, abandonada na escada. Assegurando-se de que ninguém o observava, o menino correu até ela. A face agredida estava voltada para o chão. Encontrava-se imóvel, sem forças nem para chorar. Toby virou o rosto da órfã delicadamente, apavorando-se ainda mais com os machucados e o sangue que dele escorria.

– Não foi... – ela começou dizendo.

– Você quer dizer algo? – perguntou Toby – Diga qualquer coisa, eu estou aqui para ajudá-la.

– Não foi... – ela dizia lentamente as palavras, com muito esforço.

– Não foi o quê? – indagou ele, na esperança de poder auxiliar de alguma forma.

– ... minha escolha – ela concluiu, finalmente.

Toby entendeu. Ela quis dizer que não havia sido sua escolha ser órfã e, muito menos, não ter tido direito a uma família. Ela não escolhera ser uma órfã eterna e, mesmo assim, pagava por isso e pela escolha aparentemente errada que não lhe fora permitido fazer.

– Por favor, fique calma – disse o menino.

Ele pegou o lençol que estava caído, cobriu o corpo da mulher e enxugou o sangue em sua face.

– Eu sei que você está fraca, mas preciso que me diga uma coisa. É muito importante.

Ela apenas o fitou. Então, ele continuou:

– Preciso que me diga se ontem, no fim da tarde, chegou ao casarão uma mulher...

Ele descreveu Maria com todos os detalhes que podia e a órfã eterna, caída ao chão, respondeu:

– Não.

Foi como um bálsamo para Toby ouvir aquela fala. Porém, ele precisava se certificar, visto que a mulher estava muito fraca e fora gravemente ferida.

– Você tem certeza?

Não houve chance de se ouvir a resposta.

Naquele minuto, dois meninos saíram de dentro do casarão e foram em sua direção:

– Quem é você? O que faz ao lado dessa moribunda?

– Nada – mentiu Toby. – Eu apenas parei para verificar se ela era uma órfã eterna, estava checando o sol em seu peito.

– Para que queria saber disso?

– Eu odeio órfãos eternos. Se ela fosse uma, eu cuspiria em sua face! – mentiu ainda mais Toby, com medo de que fosse preso caso descobrissem que ele apoiava a causa oposta.

– Então, pode cuspir, pois essa é uma órfã eterna, e das mais sujas – disse um dos rebeldes.

– Na verdade, eu já vou indo – falou Toby, se distanciando.

– Ora – falou o outro rebelde–, não perca a oportunidade. Será uma desfeita para nós.

Toby olhou para a pobre mulher no chão.

– Cuspa! – gritaram os dois meninos, em tom ameaçador.

Toby se abaixou e cuspiu, atingindo bem os olhos da mulher.

Os dois rebeldes riram e se distanciaram, caminhando em direção ao centro. Antes, contudo, exclamaram:

–Você é um dos nossos! Venha a uma de nossas reuniões noturnas, você vai adorar!

Ao verificar que eles haviam dobrado a esquina, Toby ajoelhou-se ao lado da mulher, limpou sua face e implorou:

– Por favor, me perdoe. Eu fui um frouxo, tive medo.

–Você está certo. Eu paguei caro por desafiá-los – ela disse, com grande sacrifício, mas já um pouco restabelecida dos golpes e da humilhação.

– Fuja!

– Não posso, não tenho para onde ir, eles me encontrariam e seria pior.

–Vá para minha casa, fica sobre palafitas, no abraço da praia...

– Não – disse a mulher. – Não posso colocá-lo em perigo. Um dia, talvez, se eu não suportar mais as torturas... Obrigada.

– Os tucanos não podem ajudá-la?

– Eles tentam intervir por nossa causa há bastante tempo, mas não podem recolher todos os órfãos eternos em seu jardim.

Sentindo-se péssimo e destruído por dentro, Toby teve que reunir forças para pensar com a razão.

–Você tem certeza de que não viu a mulher que descrevi antes?

–Tenho, não chegou ninguém à noite – ela disse, com a voz fraca.

– Não vou mais perturbá-la com perguntas – falou o menino.

–Apenas me ajude a levantar. Eu preciso entrar no casarão.

Toby ajudou-a a ficar em pé e caminhar até a porta de entrada.

–Se mudar de ideia, por favor, me procure... Qual é o seu nome?

– Rosa – ela disse.

– Certo. Rosa. Se quiser, vá para a minha casa.

Lutando com a dificuldade para se sustentar com as próprias pernas, Rosa abriu a pesada porta de madeira e entrou no casarão dos rebeldes.

Com pesar, Toby concluiu que deveria continuar a procurar por Maria.

# O que dizer de nós?

*Tudo lhe entristecia. Apesar da claridade, o brilho não o atingia, não iluminava seu caminho e parecia não mais alcançar sua alma. Ele respirou profundamente, olhando para aqueles raios que chegavam a fazer doer sua vista. O sol parecia mais distante do que nunca.*

Do lado esquerdo da cidade, decididamente, Maria não estava.

Assim, Toby rumou para o centro. Procurou em cada loja e em cada centímetro da Avenida dos Picolés. Nada. Quando passou em frente à prefeitura, viu uma nova manifestação. Em meio às pessoas, encontrou o simpático homem que trabalhava lá, de quem não sabia o nome, mas que, da última vez, fora gentil ao esclarecer sobre os acontecimentos.

– O que está acontecendo agora? – Toby indagou-o, enquanto se aproximava.

– O pior está acontecendo – lamentou o homem. – Os rebeldes estão trazendo órfãos eternos, amparados pela lei, e os boatos são de que os humilham, agridem e torturam no interior do casarão.

– Não são boatos! Eu ouvi gritos vindos de lá e testemunhei uma cena de tortura! – disse Toby.

– Se você quer um conselho – falou o homem, em tom extremamente baixo –, jamais conte isso a alguém. Não se envolva com esse assunto, é mais perigoso do que imagina. E, principalmente, eu não sei o que você foi fazer para aqueles lados, mas não retorne ali. Vê esses manifestantes?

Toby assentiu com a cabeça.

– Há poucos dias, eles eram muito mais numerosos. Alguns desapareceram misteriosamente. Acredito que também tenham sido levados ao casarão para receber um tratamento semelhante ao dos órfãos eternos, já que estavam protestando em favor de sua causa.

– O Arturzinho não pode fazer nada a respeito?

– Não. Os rebeldes aumentaram em número e força. O prefeito é pressionado por todos os lados. Acho que ainda não renunciou, pois sabe que será pior se assim fizer. Sem ele no poder, os rebeldes assumirão o controle da cidade, as torturas deixarão de acontecer no interior do casarão e passarão a ser realizadas em praça pública – explicou o homem. – Antes, tratava-se apenas de um movimento isolado e que não nos trazia danos. Durante muito tempo eles agiram silenciosamente. Hoje, estão em cada canto, vencendo batalhas dia após dia e saindo da clandestinidade.

– Como assim?

– Muitos órfãos eternos resolveram se unir aos rebeldes, como eu me lembro de ter começado a lhe explicar no outro dia – disse o homem. – Alguns se juntaram aos radicais por raiva da sociedade, encontrando assim uma maneira de se vingar. Outros, por terem tanta vergonha de ser órfãos eternos, viram uma maneira de perder essa denominação e de humilhar aquilo que eles tanto repudiam. Outros mais, simplesmente por não terem sido nunca adotados, passaram a apoiar aqueles que são radicalmente contra a adoção, sendo assim uma forma de repúdio. Se não fui adotado, que ninguém mais o seja – é como muitos pensam.

– Mas assim eles deixam de ser órfãos eternos? Eu achava que isso não era possível – falou Toby, cada vez mais assustado com as novas informações.

– E não é possível! Os rebeldes os enganam, dizendo que perderiam esse rótulo, para que mais pessoas se juntem a eles e suas forças aumentem.

– E o sol dourado no peito?

– Aí está o grande plano dos rebeldes para conquistar os órfãos eternos – respondeu o homem. – Quando um órfão eterno se junta aos rebeldes, eles pintam o sol dourado de vermelho, passando a ser um símbolo de rebeldia. O mais impressionante é que os participantes rebeldes também tatuam um sol vermelho no peito, sendo parte de uma grande encenação para atrair seguidores para o movimento. Assim, para reconhecer um rebelde, basta olhar em seu peito e procurar por um sol tatuado de vermelho.

Toby não conseguia acreditar em tudo o que ouvia. Era tudo parte de um grande plano, de um sistema que começara errado e que agora fugira ao controle. Olhava para os manifestantes com pesar e tristeza. Lembrou-se de Rosa e pensou no que teria acontecido a ele se tivesse se recusado a cuspir em sua face. Sentiu nojo de si mesmo.

Perguntou ao homem se vira uma mulher com a descrição de Maria, mas ele não a tinha visto. Toby agradeceu e saiu da prefeitura, desejando com todas as forças se distanciar do barulho do protesto.

Na Praça dos Anjos, famílias verdadeiras passeavam e órfãos eternos caminhavam com filhos que os alugaram. Toby pensou que aquele teatro não duraria muito tempo. Logo, os rebeldes passariam a assumir os verdadeiros motivos pelos quais haviam trazido os órfãos eternos das colinas. O caos estaria instalado.

Ele olhou para as colinas. Seu peito doía ao pensar que a mãe pudesse estar lá. Se agora fosse uma órfã eterna, poderia também ser levada para o casarão. Desviou o olhar dali e direcionou o pensamento para o sol forte que brilhava no céu da cidade. A vida de Toby estava mergulhada em um oceano de tristezas. A mãe, Rosa, a sociedade. Tudo lhe entristecia. Apesar da claridade do dia, o brilho não o atingia, não iluminava seu caminho e parecia não mais alcançar sua alma. Ele respirou profundamente, olhando para aqueles raios que chegavam a fazer doer sua vista. O sol parecia mais distante do que nunca.

Essa distância era impossível. Ele estava exatamente no mesmo lugar de sempre. O que mudara fora que o coração de Toby já não permitia que a luz do sol o iluminasse. Na verdade, Toby estava percebendo que toda a cidade, apesar de iluminada, não era mais atingida pelo sol. As pessoas já não deixavam que a luz entrasse em suas vidas.

Era, de fato, o início do caos.

Faremos uma pausa agora. Estou um pouco cansada, escrevendo noite adentro, envolta pelo silêncio e iluminada por raios de luar que conseguem, atrevidamente, desviar-se da cortina.

Primeiramente, responderei sua pergunta principal: Sim! A libélula continua em meu quarto, imóvel. Ao atingir essa altura da história, estou certa de que ela ficará ao meu lado até o fim. Afinal, ela agora é como se fosse parte da narrativa. É como se fosse uma parte minha na madrugada solitária.

Ela me dá paz para escrever. É como meu raio de sol. A amiga libélula traz paz ao meu coração que está em prantos por Toby. Um bom menino. Na verdade – devo confessar –, a Cidade dos Sonhos, nascida dos desejos dos órfãos do mundo e sustentada por eles há séculos, existe desde sempre. Toby é um antigo morador.

Assim sendo, fica fácil deduzir que ele possui séculos de existência. Por mais que, segundo as regras locais, mantenha sempre a aparência de criança, ele é extremante sábio. Por trás de uma face infantil e de um coração que sempre ansiou pela família perfeita, sendo indefinidamente um coração puro de menino, estão séculos de aprendizado sobre a vida. Mesmo assim, ele ainda encontra dificuldades para deixar que a luz do sol o ilumine.

Se ele é assim, o que dizer de nós?

Os antissonhos, somados aos erros humanos, estão levando ao caos a Cidade dos Sonhos, além de fazer com que uma criança tão especial quanto Toby não consiga sentir mais o brilho do sol dentro de si a aquecer seu coração.

São esses erros que perpetuam em nossa sociedade – parecendo certos para nós, muitas vezes – e que passaram a existir em nossos sonhos como verdades absolutas. Nem mais os sonhos são ideais.

O que acontecerá conosco?

Enquanto refletia sobre a vida e sobre o sol, Toby não percebeu que alguém se aproximava. Era Jaqueline, uma colega de classe, que chegou e sentou ao seu lado, com um sorriso na face.

– Como você pode sorrir em meio ao caos que estamos vivendo? – perguntou o menino.

– Eu não estou feliz com a manifestação, muito menos com o que os rebeldes estão fazendo, mas não posso deixar de estar assim por algo maravilhoso que me aconteceu – disse Jaqueline.

– Posso saber o que a deixou tão feliz?

– Sim. Arturzinho permitiu que eu escolhesse um pai perfeito, como você escolheu.

– Como assim? – indagou Toby.

– É simples – disse a amiga. – Você foi a última criança que subiu as colinas. Ninguém mais quer ir até lá. Agora, preferem apenas encomendar pais perfeitos à distância. Então, Arturzinho, junto com a sociedade pró-adoção, está fazendo a seguinte campanha: quem subir as colinas pode escolher um pai do orfanato dos rebeldes. E eles tiveram que aceitar, caso contrário, Arturzinho ameaçou fechar as portas do orfanato. E tudo isso se deve a você, Toby. O pessoal teve essa ideia depois que você voltou, tendo escolhido uma mãe convencional e um pai perfeito!

– Que bom que pude ajudar – falou o menino.

– Como você escolheu os seus pais, afinal?

– Foi simples, apenas deixei que meu coração decidisse – respondeu Toby.

– Mas você não me parece feliz – disse Jaque.

– Estou com muitos problemas.

– Entendo. Bem, já vou indo. Tenho muitas colinas para escalar.

– Boa sorte – desejou Toby.

Ele ficou observando sua amiga se afastar. No dia em que ele subira as colinas, sua vida estava tão mais fácil e sem problemas... Suas únicas dúvidas se restringiam à escolha dos pais, o que, naquela época, parecia ser bastante assustador. Como ele queria voltar no tempo!

Invejou um pouco a fase de Jaque, que iria iniciar o processo de adoção. Era um momento deliciosamente difícil. Já o que ele estava vivendo era igual a tudo mais ao seu redor – banhado pelo sol, mas intocado por seus raios.

Olhou novamente para as colinas, desejando que Maria não estivesse lá. Então, já sem opção para procurar, resolveu caminhar aleatoriamente. Não desistiria da mãe.

Toby já não sabia o que pensar. O sumiço da mãe despertava as piores ideias em sua mente. Ele precisava encontrá-la, precisava saber onde ela estava. Já quase entregue ao total desespero, após muito caminhar, o garoto ouviu uma voz conhecida:

– Perdido, porém buscando encontrar – disse um dos tucanos, chamado, obviamente, Tucano.

A ave estava parada em um arbusto, próximo do qual estava Toby, em uma região qualquer da cidade. O menino estava cansado, sentindo-se perdido, e mal daria ouvidos a Tucano não fosse a estranheza de sua aparição.

– Você, por aqui! – falou o garoto, perplexo. – Eu pensei que os tucanos só viessem falar com as crianças quando fosse chegada a hora da adoção. Vocês são sempre enigmáticos e apressados!

– Está correto, não costumamos falar com as crianças fora do jardim dos tucanos e, sobretudo, quando elas não estão no momento de decidir sobre a adoção.

– Então, por que você está falando comigo? – quis saber Toby, achando tudo muito curioso.

– Estou apenas sendo educado. Na verdade, estava falando sozinho, e não com você.

– O quê?! Você claramente se referiu a mim quando disse que eu estava perdido, porém...

– … buscando encontrar – Tucano completou. – Eu realmente disse isso. Foi sobre você, mas me dirigindo apenas a mim. Agora, se me permite, preciso ir.

– Não, por favor! Você sobrevoa a região inteira, é um dos nossos sábios conselheiros! Diga onde está minha mãe…

– Não tenho autorização para tal intervenção.

– Autorização? Estou fazendo um pedido, Tucano! Por qual motivo você estaria falando sobre mim daquela forma, se não pudesse me ajudar?

– Às vezes, é prudente esperar que o inesperado aconteça.

–Você é maluco! – falou Toby, sem esperanças –Todos vocês são.

– As melhores pessoas e tucanos são malucos!

– Deixe-me em paz.

Toby deu meia-volta e caminhou a passos lentos na direção oposta em que encontrara Tucano. Antes, contudo, que se afastasse da ave, ouviu suas palavras ecoando:

– Se quiser encontrá-la, siga sua intuição. Refaça seus passos e acredite. Nem tudo está perdido, mas o tempo é curto, não o subestime.

Quando se virou para contemplar Tucano, ele havia desaparecido do arbusto.

De volta ao casebre, Toby e Cotton aguardavam José, sentados no gramado:

– Alguma novidade? – o garoto perguntou ao pai, assim que o avistou.

– Não, meu filho. Procurei em todos os lugares, mas nem sinal de sua mãe. Receio que ela tenha subido…

– Não diga isso! – interrompeu Toby, ainda digerindo as recentes palavras de Tucano.

– Meu filho, a cidade está ensandecida. Os protestos não param um minuto sequer. Além do mais, está perigoso andar por aí. Os boatos de desaparecimentos estão aumentando.

–Você está sugerindo que deixemos de procurar a mamãe?

– Jamais, meu filho. Só estou dizendo que o mais prudente é que você suba as colinas.

– Não, papai, a mamãe não pode ter feito isso com a gente! Ela deve estar em algum lugar próximo. Eu acredito nisso, de alguma forma sei que estou certo. Logo a encontraremos.

– Eu também gostaria de acreditar nisso, Toby, mas não podemos perder tempo.

– Eu não subirei as colinas, tenho certeza de que ela não está lá.

– Meu filho, você não está sendo racional.

– Eu sei, papai. Agi tanto com a razão que me feri. Não voltarei às colinas, senão estarei agindo contra o que eu acredito.

Conforme os dias foram se passando, Toby foi se entregando à descrença de que sua mãe voltaria ou de que a encontraria. Cada vez mais, pensava em quanto estava sendo teimoso por não querer procurá-la nas colinas, e em quanto seu breve encontro com Tucano fora estranho.

Ele já não comia, não dormia, não passeava com Cotton, nem andava de canoa. Dia após dia, era como se o sol se distanciasse e não iluminasse a sua vida, sendo que o astro rei continuava no exato lugar de sempre, exercendo sua função como antes.

Já não podia mais negar. Seu pai tinha razão. Até Cotton parecia olhá-lo como se ele estivesse tomando a decisão errada.

Quantos infinitos instantes Toby passou junto ao mar e quantas vezes foi até o rochedo, lembrando-se da figura da mãe a dançar, do quanto a amava, do quanto queria que ela estivesse ali.

O melhor de tudo, se é que houve parte boa nessa história, é que Toby pôde confirmar o amor de José por Maria. O pai continuava a tentar aprender a dançar. E o incrível é que ele estava finalmente conseguindo, após inúmeras contusões e tentativas frustradas.

O egocentrismo de José havia sido muito útil nesse desafio. Afinal, ele não aceitava que houvesse algo no mundo que não fosse capaz de fazer. Ao observar secretamente José treinando alguns passos de dança, Toby sentiu pena de que Maria não estivesse ali para ver seu progresso.

No terceiro dia desde que a mãe desaparecera, Toby resolveu que não podia mais esperar. Ele precisava subir as colinas, mesmo que assim contrariasse o que seu coração dizia, e até mesmo o conselho enigmático de Tucano sobre seguir sua intuição.

Em companhia apenas do sol escaldante, que o vigiava de longe – sem, contudo, penetrar-lhe a alma –, ele começou a caminhar.

# Fogueiras da mente

*Após séculos de existência, a Cidade dos Sonhos encontrava-se pela primeira vez chorando.*

Toby conhecia o caminho até as colinas, e sabia o quanto era longo. Pegou o rumo do centro, depois percorreu a Avenida dos Picolés. Tudo estava diferente. Não sabia dizer se havia algo de errado na cidade ou se era ele que estava tão triste a ponto de, além de não sentir o sol, também não ver mais as cores. Mais à frente, teria a resposta.

Ao chegar em frente à prefeitura, deparou com um novo bando de manifestantes. Tentou ignorá-los. Apesar dos gritos o entristecerem, ele precisava encontrar Maria. Porém, olhando distraidamente para o grupo, percebeu que havia, sim, algo diferente.

Não se tratava dos manifestantes habituais, o pessoal pró-adoção que sempre reivindicava melhorias para os órfãos e os processos de adoção, e se revoltava contra as atitudes dos rebeldes. Toby viu que outras pessoas faziam parte daquele protesto.

Parou e ficou contemplando a cena. Encontrou uma mulher com uma blusa decotada. Seria o suficiente para ele se certificar de sua suspeita. Sim. A suspeita se confirmou.

A mulher tinha um enorme sol vermelho estampado no peito. Ele podia ver os raios emergindo pelo decote de sua blusa. Pôde reconhecer, em meio à multidão, os dois garotos que vira saindo do casarão dos rebeldes e que o fizeram cuspir na pobre Rosa.

A cabeça de Toby parecia girar em meio à tamanha confusão. A ousadia do grupo tinha chegado ao extremo. Aquele era um manifesto dos rebeldes.

–Veja, é aquele que cuspiu na órfã eterna imunda! – disse um dos meninos, que reconheceu Toby do episódio anterior.

– Olá, amigos! – disse Toby, fingindo cordialidade com os radicais – Não fui informado a respeito deste ato, o que está acontecendo?

– Ora, em que mundo você vive? – respondeu um dos rebeldes conhecidos.

– Estive ocupado com alguns problemas pessoais – falou Toby.

– Ainda bem que chegou a tempo de se juntar a nós. Uma garota teve a ousadia de escolher dois pais para a adoção!

– Dois pais?

– Exatamente! Ela escolheu dois homens! Onde vamos parar assim? A adoção deveria ser banida dessa cidade e todos os órfãos virarem nossos escravos. Estamos lutando para isso. Espero que um caso como esse ajude a abrir os olhos daqueles que ainda são a favor da adoção. É um absurdo!

Assim que o rebelde parou de falar, Toby entendeu o que havia acontecido. Alguém fora contra o sistema. Contra tudo o que era considerado normal pela sociedade da Cidade dos Sonhos. Nunca alguma criança tivera pais do mesmo sexo.

Toby compreendeu que em épocas anteriores pessoas eram queimadas sob aplausos em praças públicas apenas por ser diferentes, e que hoje isso também acontece, só que de outras maneiras. Todos são julgados e condenados o tempo inteiro. As próprias pessoas, com suas mentes fechadas, são as fogueiras da atualidade, julgando e condenando quem ousa ser diferente.

Ao perceber que os dois rebeldes conhecidos haviam se infiltrado na multidão, aproveitou para sair dali sem ser notado. Caminhou pelas ruas pensando no novo ato e em como Maria diria que aquilo representava "tudo o que havia de errado no mundo". Ele tinha aprendido muito com a mãe.

Quase chegando ao pé das colinas, quando as casas já iam rareando e a paisagem se tornando mais bucólica, Toby ouviu um choro sentido. Seguiu o som dos soluços e suspiros e encontrou uma menina, sentada atrás de uma frondosa árvore, já quase sem fôlego.

– Jaque! – exclamou ele, surpreso. – O que está fazendo aqui?

– Você não viu o protesto na prefeitura? – a amiga perguntou, entre os soluços. – É tudo minha culpa!

– Como assim, o que aconteceu? – quis saber Toby, sentando-se a seu lado.

– Eu subi as colinas, logo depois que nos vimos pela última vez. Fui direto ao orfanato dos rebeldes, o mais distante, em busca do pai perfeito que Arturzinho tinha me dado o direito de adotar. Tentei seguir meu coração, assim como você me disse que havia feito, Toby. E meu coração amou, desde o primeiro instante, dois homens. Meu coração os reconheceu como meus pais ao testemunhar que também existia amor entre eles e não seria certo separá-los. Veja a situação em que me encontrava:

eu não poderia escolher entre eles e, o pior, voltar para casa deixando o outro lá.

– E permitiram que você trouxesse dois homens?

– O pessoal do orfanato disse que caberia a Arturzinho a decisão final. Então, meus pais foram entregues normalmente em minha casa. Há três dias estamos vivendo juntos, como uma família. Desde então – contou Jaque, emocionada –, eu tive cada vez mais certeza da minha escolha. Eu os amo demais e tenho certeza de que seremos uma família feliz. Eles se amam, Toby!

Ao dizer aquelas palavras, por entre as lágrimas, um sorriso se formou em sua face.

– Por que, então, você está chorando?

Jaqueline explicou:

– Hoje saiu a decisão de Arturzinho. Ele tem um enorme coração e atendeu ao meu pedido. Permitiu que eu tivesse dois homens como meus pais. Alguém de dentro da prefeitura espalhou o acontecido, e os rebeldes não perderam tempo e foram protestar. Meus pais e eu fugimos de medo e estamos escondidos, cada um em um ponto da cidade. Não sei o que será de nós. Tememos pelo pior.

Arturzinho estava em seu gabinete, sentado em sua confortável poltrona, pressionando as mãos contra os ouvidos. Já não aguentava mais aqueles manifestantes. Até tentara ir para casa, mas eles o seguiram até lá. Não conseguia mais se lembrar do sentido da palavra *paz*. As pessoas não entendiam que ele era um só para resolver um milhão de problemas, das mais variadas origens.

Quando Jaqueline o procurou a respeito da adoção de dois homens, ele sentiu que ela estava sendo sincera e que merecia seu apoio e, avaliando a situação posteriormente, teve certeza de que sua decisão em apoiá-la não prejudicaria nada nem ninguém ali.

Sobretudo porque havia amor naquela nova família, composta por uma filha e dois pais. E, se há amor, não importando sua forma ou origem, este deve sempre ser o guia para qualquer decisão.

O prefeito apenas não imaginava que a notícia se espalharia tão rapidamente e que causaria tamanho alvoroço. Estava decidido, não voltaria atrás.

Ao assumir a prefeitura da Cidade dos Sonhos, prometera a si mesmo que agiria sempre corretamente, independente do que os outros dissessem. Quem age de forma errônea apenas para agradar não é um verdadeiro líder.

Ele se lembrava desse dia como se fosse hoje. O dia das eleições.

Embora muitos cargos da prefeitura fossem ocupados por pais adotivos, o posto principal era sempre de uma criança, preferencialmente uma antiga moradora. As eleições eram realizadas periodicamente, e há um bom tempo Arturzinho era o prefeito. Apesar de não separarem os dias como a gente, saberiam quando chegasse o momento de escolher um novo candidato.

A pureza e a sensibilidade das crianças – que nunca desaparecia, por mais antigas que elas fossem – presentearam a população com ótimos prefeitos. Mas nenhum era tão bom quanto Arturzinho. Ele havia feito muitas coisas notáveis em seu mandato.

Antigamente, o dinheiro local era em forma de doces diversos, com mais ou menos valores. Porém, ele unificara tudo pela bananada, facilitando o comércio e ajudando nas questões econômicas gerais.

Além disso, criara diversas leis que favoreciam e facilitavam a adoção, e reconhecera a instituição pró-adoção como uma aliada. Melhorara a estética das ruas, trouxera coelhinhos para viver na Praça dos Anjos, reduzira o preço da meia hora paga por uma história da vovó, e sempre encontrara espaço para atender casos particulares como o de Jaqueline, seguindo unicamente a ética e a moral para tomar as melhores decisões.

Porém, dessa vez, a situação chegara a um ponto preocupante. Se seguisse conforme sua moral lhe dizia, poderia agravar a ira dos rebeldes, o que levaria mais pessoas a ser torturadas, e talvez, inclusive, iniciasse a decadência da Cidade dos Sonhos.

O prefeito estava entrando em desespero, pela primeira vez desde que assumira o cargo. Queria ajudar o povo de sua terra, queira lutar pela adoção e pela formação de famílias felizes, mas o poder parecia esvair-se de suas mãos, lentamente.

Toby subiu as colinas, pensando no que o destino reservara para ele. Temia encontrar Maria no orfanato. Por outro lado, se ela não estivesse ali, seria considerada mais um número na fila dos desaparecidos. Já não sabia o que preferia encontrar a essa altura.

Pensava em Jaqueline, a chorar ao pé das colinas. Pensava nos protestos, agora provocados pelos rebeldes. A situação viera caminhando lentamente até chegar ao ponto em que estava. Será que ele, como cidadão, errara ao não perceber que tudo seguia em direção ao caos?

Tinha pena de Arturzinho. Mal conseguia imaginar a dimensão dos problemas que ele estava enfrentando. Toby admirava muito o prefeito. Em meio a um sistema errado e imposto, ele não se corrompia e sempre continuava firme em suas decisões. Não se deixava levar por aqueles que o pressionavam. Mesmo que custasse caro, agia corretamente.

Se o prefeito renunciasse, Toby não conseguia imaginar o que seria da Cidade dos Sonhos. O bom líder atual era só o que os sustentava naquele momento frágil, à beira do abismo. Enquanto subia as colinas, ele ouvia que a situação se tornava ainda mais agitada.

Pessoas a favor da adoção, inclusive pais adotivos e com famílias felizes formadas, passaram a protestar contra o caso de Jaqueline e seus dois pais. A verossimilhança dos sonhos com a realidade se fez cada vez mais presente.

Era o poder dos antissonhos.

Jornalistas publicaram edições especiais relatando o acontecido, incluindo os absurdos que pensavam sobre o primeiro caso de um casamento entre dois pais. Jaque, contudo, também ganhou pessoas a seu favor, mas o número era tão reduzido que não tinha força frente aos protestos.

Toby continuou sua caminhada. Chegou ao primeiro orfanato, lembrando-se do dia em que estivera ali e a louca estava sentada nas escadas, tomando um banho de sol. Até isso mudara. Ele soube, há pouco, que ela estava desaparecida, assim como seu companheiro, o louco – assim eram chamados, embora tivessem números de registro que os identificassem, como os demais órfãos.

Lembrou-se de Edgar, o supervisor, e de como fora chocante ver o sol dourado pela primeira vez em seu peito marcando-o como órfão eterno.

Mergulhado em lembranças de um passado recente e doloroso, o garoto continuou andando, rumo ao pequeno orfanato em que adotara a mãe. A instituição ficava localizada bem ao fundo das colinas, muito distante. Foi uma longa caminhada.

E foi tempo suficiente para o caos definitivamente se instalar aos pés das colinas.

Nas horas seguintes, a Cidade dos Sonhos estava irreconhecível, tamanha a força que o protesto ganhou. As pessoas não percebiam que os rebeldes não objetivavam apenas acabar com o caso de Jaqueline. O propósito do grupo ia muito além.

Eles pretendiam ter esse caso como uma desculpa para ganhar força e diminuir o prestígio da adoção e dos órfãos. Um giro rápido mostrava um cenário triste, como se um furacão tivesse atingido o local.

Muitas lojas estavam fechadas. Os vendedores de picolés haviam entrado em greve. E, o mais assustador, as lojas de aluguel de carinho e as máquinas de histórias da vovó, que não fechavam nunca, pela primeira vez na história fecharam suas portas, sem data prevista para reabrir.

Ou os comerciantes aderiam ao manifesto, ou tinham medo de seus participantes. O medo, aliás, rondava à espreita, fazendo com que se alguém não concordasse com os rebeldes, ficasse preso em sua casa. José e Cotton, por exemplo, estavam no casebre, olhando pela janela, à espera de Toby ou de uma resposta qualquer sobre ele e Maria.

Nos cinemas, as máquinas de pipoca foram quebradas e quilos do produto estavam agora espalhados pelas ruas. Os ursos de pelúcia que enfeitavam as calçadas haviam sido destruídos. Suas cabeças gigantes atrapalhavam a circulação. Palhaços não eram mais vistos, tampouco bexigas, patinetes ou bicicletas. Uma cena triste se via na Praça dos Anjos: os coelhos fugiram, assustados com o barulho e a desordem.

Contudo, Arturzinho continuava firme em sua decisão. Não renunciaria e não voltaria atrás no caso de Jaqueline. Não fortaleceria os oponentes. Se ele punisse a garota ou seus pais, estaria perdendo de vez a força e assinando o atestado de que os rebeldes poderiam mandar em suas decisões e, consequentemente, na Cidade dos Sonhos.

O caos foi tamanho que, de longe, seu principal astro sentiu o peso do que estava acontecendo. Sim, o sol. Seu morador mais antigo e fiel. Era impossível que ele, até lá no alto, não se abalasse com tantas injustiças e calamidades. As pessoas não o deixavam brilhar e já não o sentiam.

Por isso, era visível que ele estava perdendo sua força e, dessa forma, cedendo lugar a algumas intrusas nunca antes vistas: as nuvens.

Toby estava quase chegando ao orfanato da mãe, quando percebeu a escuridão a assombrá-lo do alto. Não era a escuridão da noite, ainda era cedo e não havia o encanto da lua e das estrelas.

Ele olhou para cima. Era apavorante. Pôde ver que não era apenas nas colinas que os raios do sol não estavam chegando. Era em toda a cidade. Extensas e pesadas nuvens cinzentas se formavam.

O menino se segurou em uma árvore, com medo do vento forte que formava assustadores redemoinhos. Então, como se fosse mágica, a chuva caiu.

Após séculos de existência, a Cidade dos Sonhos encontrava-se pela primeira vez chorando. Um choro que vinha do alto, de tristeza pela desarmonia dos habitantes.

Chovia na Cidade dos Sonhos.

Toby percebeu que a chuva não ia passar, que havia vindo para ficar. Então, sem ter outra opção, continuou seu caminho em direção ao orfanato da mãe. Sentia as pesadas gotas esbarrarem em sua pele frágil. Não queria ter pena de si mesmo ou de sua cidade. Eles mereciam aquele castigo após expulsarem o sol, a luz, o brilho, a felicidade.

Lá embaixo, os protestos tinham diminuído. Muitos saíram correndo e voltaram para suas casas – inclusive os rebeldes, de volta para o casarão – amedrontados pelo céu. Arturzinho, em seu gabinete, chorava. Tanto pelo medo da água, jamais vista ali, como pela repercussão sobre as decisões que tomara.

Ao mesmo tempo que parecia que nada de pior poderia acontecer aos cidadãos da Cidade dos Sonhos, algo ocorreu. O hospital registrou mais entradas do que nunca, até de pacientes que sempre tiveram saúde perfeita.

Os sintomas eram desmaios súbitos, acompanhados de intensas dores de cabeça e no peito. Exames e mais exames foram realizados. Não havia nada de errado com aquelas pessoas. Os médicos começaram a se desesperar. Seria mais um castigo dos céus?

O especialista que, há alguns dias, atendera uma paciente com o exato quadro – uma mulher chamada Maria, a mãe adotiva de Toby –, lembrara-se de que ela tivera alta e nenhum outro sintoma surgira posteriormente. Porém, se mandasse aquelas pessoas para casa, sem nada mais a declarar, poderia preocupar os moradores locais.

Era preciso descobrir que doença misteriosa era aquela, que começara como um caso isolado e agora se alastrava por toda a região, adoecendo diversos cidadãos, tanto adultos como crianças.

Novos exames foram feitos e, então, repetidos diversas vezes, cada vez que um cidadão chegava ao hospital. Já não havia leitos disponíveis. Os primeiros doentes, após melhorarem, tiveram que ser mandados para casa. Os médicos desistiram: a doença não era conhecida, nem causava qualquer outro sintoma.

Toby bateu nos portões do pequeno orfanato, e Violeta correu para recebê-lo.

A chuva caía sobre eles, encharcando suas roupas.

– Você está louco? Sair de casa com um tempo desses?

– Estou caminhando há muitas horas, quando ainda não havia nuvens no céu! – Ele chegou à recepção do orfanato, tendo que gritar para ser ouvido com o barulho da chuva e do vento. – Preciso saber se minha mãe está aqui. Preciso vê-la!

– Sim. Ela está aqui, há três dias. Mas não sei se você poderá vê-la. Ela está de cama, encontra-se muito doente e, sinto dizer, já não é mais sua mãe.

# Questões meteorológicas

*Vez ou outra Toby ia até o rochedo. Sentava-se ali e ficava vendo o mar que saudava a chuva com sua melodia ao quebrar na areia. Aquele lugar lhe transmitia a paz e a força de que ele precisava.*

Assim como o céu, que chorava no exterior do orfanato onde Toby se encontrava, em prantos também estava o seu coração. Se Oliver estivesse ali, certamente ouviria as lamúrias do pobre órgão desolado e seus infrassons.

Como alguém podia dizer que Maria não era sua mãe? Ser mãe não é uma coisa que se deixa de ser da noite para o dia. Aquela era mais uma prova de que o sistema estava todo errado.

– Eu vim até aqui para falar com ela! – ordenou Toby. – Não saio antes disso! Enfrentei as colinas e seus caminhos íngremes e sinuosos, ventos e tempestades, e tudo isso depois de ter atravessado uma cidade em caos. Não vou desistir!

– Terei que ver se ela está apta a receber visitas e se deseja vê-lo. Também perguntarei aos superiores se eles autorizam. Por favor, aguarde.

Dizendo isso, Violeta saiu do saguão de entrada do orfanato e sumiu em seu interior, deixando Toby sozinho com seus pensamentos.

Uma mistura de sensações o dominava, a maioria delas negativas. Raiva, tristeza, pena, remorso. A única coisa que seu peito trazia de bom era o amor que o guiara até ali em busca da mãe, o amor que lhe dava a certeza de que ela era e seria para sempre sua mãe. O amor que ele sabia que José sentia por ela e que, para Toby, era o amor mais lindo do mundo.

Entretanto, mesmo esse amor, forte e intenso como o sol que antes cobria a Cidade dos Sonhos, estava sufocado pelo medo. Nuvens pareciam ter surgido também nos corações das pessoas, impedindo o brilho, tornando tudo uma sombra densa e pesada.

Ele faria o que fosse preciso. Enfrentaria os rebeldes, se necessário, para mudar as leis, mas não aceitaria simplesmente perder sua mãe.

– Ela aceitou recebê-lo – disse Violeta, que havia retornado à recepção, sem que Toby percebesse. – Você tem autorização de vê-la por apenas alguns minutos. Ela está muito fraca.

Toby seguiu Violeta, com o coração acelerado, pelos corredores tímidos do pequeno orfanato. Entraram em uma sala pequena, que possuía apenas um criado-mudo e uma cama ao centro, na qual estava Maria.

Violeta saiu, deixando-os a sós e fechando a porta.

– Mamãe! Mamãe, o que aconteceu? Como você se sente?

Toby foi até o leito de Maria e a abraçou chorando.

A mulher estava realmente muito fraca. Com grande esforço, levou uma das mãos até o rosto de Toby e o acariciou lentamente. Estava pálida e debilitada.

– Minha cabeça dói e também meu peito. Eu não sei que doença é essa, meu filho. Não sei o que está acontecendo comigo, mas já não tenho ânimo para lutar contra ela, não tenho ânimo para nada mais.

– Não diga isso, mamãe. Há mais pessoas com essa doença e que estão no hospital. Os médicos vão descobrir do que se trata, você fará o tratamento e ficará boa.

– Meu filho, se algo me acontecer, eu preciso antes lhe dizer uma coisa.

– Não diga bobagens, mamãe, nada vai acontecer!

Toby chorava profundamente.

– Meu filho, por favor, escute, eu preciso falar algo para que eu possa ficar em paz comigo mesma.

– Não, mamãe, hoje não é uma despedida. Ainda teremos uma vida inteira pela frente.

– Toby, por favor.

Maria fazia tanto esforço para pronunciar as palavras que Toby decidiu não discutir e apenas aceitar o que ela teria a dizer:

– Diga-me, mamãe – ele pediu.

– Meu filho, o que eu preciso lhe dizer é, na verdade, um pedido. Peço que me perdoe. Você é um filho maravilhoso. Perdoe-me por ter subido as colinas e impedido que você tenha uma família completa.

– Mamãe, você é minha família, você e o papai.

– Não Toby, eu agora sou uma órfã eterna. Veja.

Maria abaixou a gola da camisola fina que trajava. Em seu peito surgiu um sol dourado. Ainda estava claro, mas Toby sabia que ganharia força com o tempo e que nada seria capaz de tirá-lo dali. Ele marcava a condição de Maria, de sua mãe.

– Mamãe, é apenas um símbolo, não significa...

– Significa que não seremos nunca uma família, Toby. Por isso, preciso que me perdoe. Espero que seu pai o faça feliz.

– Você aprendeu a gostar do papai?

Toby tinha uma pequena esperança, embora soubesse a resposta antes mesmo de perguntar.

– Não, meu filho. Não posso gostar de alguém que veio daquele orfanato rebelde, nunca! Porém, ele é tudo o que você tem agora. Eu torço por sua felicidade, meu menino. Eu poderia suportar a presença dele por você, mas não consegui suportar vê-lo, meu filho, tão infeliz com nossas discussões.

– Mamãe, eu estava nervoso com as brigas, realmente. Mas vocês transformaram a minha vida, me deram uma família e me trouxeram o que eu sempre desejei. Eu é que devo pedir perdão. Tenho fé que, com o tempo, conseguiremos resolver nossa situação.

Naquele instante, Violeta entrou na sala e disse:

– A visita está encerrada. Maria precisa descansar.

– Mamãe, apenas me diga – falou Toby, como se não tivesse ouvido as palavras de Violeta. – Eu vou lutar contra a cidade toda para levá-la de volta para casa. Só preciso saber se você voltaria e conviveria com o papai, tentando brigar menos.

Maria silenciou e olhou profundamente para Toby. Então, disse:

– Meu filho, eles não vão permitir minha volta, eu sou uma órfã eterna agora. Além disso, fui uma péssima mãe, não mereço que você lute por mim.

– Merece sim, mamãe. Eu a amo.

– Eu também o amo, meu pequeno Toby.

– Isso sim é uma marca eterna, muito mais forte do que o sol em seu peito. Enquanto eu existir, lutarei para que você volte para casa.

Lágrimas rolaram pela face de Maria.

– Perdão.

– Não é uma despedida, mamãe. Lembre-se disso, confie em mim.

Violeta foi até Toby e o pegou pelo braço, escoltando-o gentilmente para fora do quarto. O menino olhou uma última vez para a mãe e fez-lhe um aceno, certo de que logo voltaria a vê-la.

Em seguida, saiu do orfanato sob o céu tempestuoso e, como se a chuva, o castigo dos céus, lavasse sua alma, caminhou pelas colinas em companhia apenas das águas.

Não se falava em outra coisa na Cidade dos Sonhos. Por dias consecutivos, a chuva não deu uma pausa sequer. Era dia e noite, noite e dia. O céu continuava a chorar. E o sol, entristecido com os cidadãos que não permitiram que ele iluminasse suas vidas, havia se escondido decididamente atrás das nuvens.

Então, certa manhã, a chuva começou finalmente a se acalmar. Não que o sol tivesse voltado: as nuvens ainda dominavam no céu. Porém, com ela mais fina, Toby resolveu ir até a prefeitura.

A chuva parecia ter sido uma espécie de alívio para Arturzinho, pois, apesar dos protestos ainda existirem, agora contavam com um número reduzido de pessoas, em função do medo que a tempestade causou.

Ao chegar, Toby perguntou se poderia falar com o prefeito. Arturzinho não estava recebendo muitas pessoas ultimamente, pois era arriscado. Porém, ele o conhecia e sabia que o garoto era inofensivo. Permitiu que ele entrasse no gabinete.

Um assessor comunicou para Toby que ele seria recebido.

– Eu vim falar com você, meu caro prefeito, pois sei da bondade que mora em seu coração. Meu pedido vai contra as leis da cidade, mas é um caso muito particular e caberá a você decidir o meu destino e a minha felicidade – falou Toby.

O menino contou ao prefeito a história de sua família, tomando cuidado para ser breve para não ocupar demasiadamente o horário de Arturzinho.

Ao final da narrativa, a qual o prefeito ouviu atentamente, ele deu o seu parecer:

– Meu caro amigo – começou dizendo o prefeito –, compreendi sua história e, por conhecê-lo há muito tempo, sei de sua sinceridade e da bondade que você possui. Porém, Toby, os tempos são outros. Nossa cidade já não é a mesma. Se fosse outra ocasião, eu poderia ajudá-lo, mas agora, não me cabe essa decisão. Nada poderei fazer, pois os rebeldes, como você sabe, querem tomar o poder e acabar com as adoções. É a época errada para eu aprovar que uma lei seja reformulada, beneficiando os órfãos eternos. Estamos em guerra, queira desculpar-me.

– Entendo – falou Toby. – Mas se os rebeldes perderem força, você poderá me ajudar?

– Eles não perderão forças, pelo contrário, estão cada vez mais influentes nos rumos das coisas – disse Arturzinho.

– Eu sei, mas suponhamos que eles percam – insistiu Toby.

– Se isso acontecer, eu poderei procurar uma maneira de ajudá-lo. Porém, não se iluda, isso não acontecerá. Você perdeu a sua mãe, que logo será capturada. Eles não têm deixado escapar nenhum órfão eterno, ainda mais alguém que subiu as colinas por vontade própria, como ela. Torça para não perder seu pai também. Eu não sei como estará a causa da adoção em breve. Só sei que os rebeldes são radicalmente contra a formação de famílias e estão tomando conta da nossa cidade, que, um dia, foi dos sonhos.

Com grande tristeza, Toby deixou o gabinete. Porém, não desistiria. Se não conseguira da forma mais prática, tentaria agora o impossível – travaria uma luta pessoal contra os rebeldes. Afinal, ele também devia isso a Rosa, pelo cuspe em sua face, e assim poderia ajudar a causa dos órfãos eternos, que tanto precisavam de apoio nesses tempos sombrios. Além do mais, estaria honrando o grande ensinamento de sua mãe – combatendo aquilo que havia de errado no sistema. E, se tudo saísse de forma correta, facilitaria as adoções em toda a cidade e faria muitas famílias felizes, como os casos de Jaqueline e Oliver, além, claro, do seu.

Parecia ótimo. Só faltava um plano.

Na volta para casa, Toby encontrou Oliver sentado no meio-fio de uma calçada, brincando com uma poça de água formada pela chuva.

– Toby, como você está? Conseguiu falar com ela?

– Com ela quem? – perguntou Toby.

– Com sua mãe, oras. Eu sei que ela subiu as colinas – disse Oliver.

Toby achou estranho, visto que quase ninguém sabia do desaparecimento de Maria.

– Como você soube disso? – ele perguntou.

– Eu estava andando próximo às colinas, naquele dia – falou Oliver. – Eu a vi subir. A princípio não a reconheci, desde o dia que a tinha visto dançar atrás do rochedo. Porém, imediatamente reconheci a voz de seu coração. Dessa vez, ele não cantava. Ele chorava e pedia para que ela não subisse. Infelizmente, eu vi que ela não escutou o próprio coração e subiu, renunciando ao cargo de sua mãe.

– É verdade – falou Toby. – Ela subiu. Mas vou dar um jeito de trazê-la de volta.

– Como? – quis saber o amigo. – Será que assim também pode haver um jeito de eu conseguir adotar minha família?

– Sim, Oliver. Eu lhe disse uma vez para não desistir. Só porque você é diferente não significa que não possa adotar seus pais. Eu vou pensar em um jeito de conseguirmos realizar nossos sonhos.

– Eu também vou pensar – falou Oliver. – Vou até pedir ajuda às plantas. Elas sempre têm bons conselhos, como os tucanos.

Dizendo isso, Oliver se levantou da calçada, animadamente, e foi saltitante em direção a um jardim próximo. Toby sorriu ao observar o amigo e pensou que, se iria travar uma luta, era importante ter alegria e otimismo, assim como Oliver demonstrara.

Com o peito arfando de esperanças, ele voltou para casa.

Nos dias seguintes, já com a chuva mansa, Toby e José voltaram a passear de canoa no mar e Cotton pôde sair para seu pasto. A chuva estava fina e delicada, e os cidadãos acostumaram-se com sua presença, de forma que o cotidiano voltou ao normal, incluindo os protestos, desaparecimentos e as torturas. Contudo, os palhaços, os coelhos, a ordem e a alegria não haviam ainda retornado à Cidade dos Sonhos.

Tudo o que Toby fazia agora era pensar em um plano. Passou a caminhar pelo lado esquerdo da cidade, sempre espiando o casarão dos rebeldes, com muita cautela. Arrepiava-se com os gritos e pedidos de socorro que vinham de seu interior. Porém, eles eram o combustível para que se empenhasse ainda mais em seu plano.

Com o passar dos dias, uma ideia foi ganhando forma em sua cabeça e, apesar de soar impossível para quem a ouvisse, Toby tinha grandes esperanças de que daria certo. Olhando atentamente para aquelas janelas escuras e impenetráveis pela luz, ele compreendera o ponto fraco da rebeldia.

Vez ou outra Toby ia até o rochedo. Sentava-se ali e ficava vendo o mar que saudava a chuva com sua melodia ao quebrar na areia. Aquele lugar lhe transmitia a paz e a força de que ele precisava. Infelizmente, em nenhuma dessas visitas ele dançou. Não tinha graça nem sentido dançar sem Maria.

José continuava seu trabalho na prefeitura e desempenhava com perfeição seu papel de pai. Todos os dias, ele insistia para que Toby dissesse qual era o plano e que o deixasse ajudar, mas o menino estava irredutível.

Sabia que se contasse o plano ao pai, ele não permitiria sua execução, com o alto grau de perigo que Toby iria correr. Além do mais, não suportaria se os rebeldes capturassem José, seu porto seguro, só o que ele tinha naquele momento.

Na verdade, os momentos com José eram um alívio em meio ao caos. Pai e filho passavam divertidos momentos juntos, embora ambos sentissem muito a falta de Maria e esperassem ansiosamente que ela retornasse. Até Cotton estava entristecido desde seu sumiço.

– Ela vai voltar – garantia Toby ao seu fiel e lindo pônei.

Para iniciar seu plano, o menino foi até a casa de alguns amigos e contou-lhes superficialmente o que pretendia. A ajuda deles seria fundamental para o sucesso de sua jornada, e o mais importante é que todos se beneficiariam.

Primeiramente, foi falar com Naomi. Ela tinha pais adotivos que formavam uma família muito feliz e harmoniosa, porém a menina andava triste com as reviravoltas atuais e apoiava a questão dos órfãos eternos. Ficou feliz em poder ajudar no plano.

Em seguida, Toby foi à casa de Enzo. Tratava-se de outro colega de classe, cujo pai também havia subido as colinas, renunciando ao cargo. Desde então, ele vivia apenas com a mãe. O pai se arrependera e fizera de tudo para tentar voltar, mas isso não lhe fora permitido. Agora, era um órfão eterno e tinha sido capturado pelos rebeldes.

Partia o coração de Enzo cada vez que ele ia até a praça e via o pai, sob o controle dos radicais, alugado para um passeio ou posando para alguma foto de uma falsa família. Ao ouvir o plano de Toby, ele retomou a esperança de rever sua família unida e disse que ajudaria no que fosse preciso.

Toby rumou, então, para a casa de Oliver. O amigo o recebeu entusiasmado e ficou alegre com o plano:

– Você é muito inteligente, Toby! Eu sabia que iria inventar um plano perfeito!

Para surpresa de Toby, Jaqueline estava na casa de Oliver.

– Eu não tinha para onde ir e, como o Oliver vive sozinho, vim passar um tempo com ele. Mas é segredo absoluto, ninguém pode saber onde estou – disse a menina.

– O que aconteceu nos últimos dias? – perguntou Toby. – Por que veio parar aqui?

Jaque explicou:

– Você se lembra de quando eu estava escondida ao pé das colinas? Apenas Oliver e você sabiam do meu paradeiro. Então, Oliver me manteve informada sobre meus pais. Um deles contraiu a doença que está se espalhando pela cidade e, sem escolha, teve que ir para o hospital, onde está internado. Meu outro pai, vendo seu esposo adoecer, viu-se sem ânimo para lutar por nossa causa e acabou rendendo-se aos rebeldes. Ele está no casarão. Minha casa foi apedrejada. Eu consegui vir escondida para a casa de Oliver. Espero que não me encontrem e que jamais façam mal a nosso amigo, que está sendo muito gentil comigo.

– Eles não irão descobrir! – assegurou Toby – Fique tranquila. Você gostaria de ajudar em meu plano?

– Claro! Seria maravilhoso para mim também, eu teria meus pais de volta e deixaria de ser uma fugitiva!

Com as ajudas certas de Naomi, Enzo, Oliver e Jaqueline, Toby passou a ter ainda mais otimismo de que, apesar de muito arriscado, seu plano daria certo. Ele detalhou o que cada um dos amigos deveria fazer e, então, bastava esperar o momento certo de agir.

# Momentos de medo e escuridão

*Ele fez força para não gritar mais, porém a dor daquele procedimento era imensa. Sentia-se realmente com a alma sendo marcada de forma irreparável. Era como se nunca mais fosse voltar a ser o mesmo.*

Novos habitantes adoeciam a cada dia. Assim como a mãe de Toby e um dos pais de Jaqueline, os doentes sentiam dores de cabeça e no peito, além de passar por episódios de desmaio. Para os médicos, aquilo continuava uma incógnita e, contrariando a primeira abordagem, acabaram decidindo por tentar isolar os doentes.

Proibiram visitas e os transferiram para uma ala mais segura do hospital, a fim de impedir qualquer forma de contágio, antes que a cidade inteira adoecesse. Não sabiam com o que estavam lidando. Aquilo parecia um vírus desconhecido que rapidamente teria se disseminado entre os moradores. Porém, após todos os exames possíveis, os médicos determinaram não se tratar de um vírus, apesar das semelhanças.

A verdade é que já não restavam mais exames para ser feitos. O possível e o impossível já havia sido realizado. Agora, eles esperavam e fingiam que tomavam medidas de controle para que a população não se assustasse ainda mais, embora, na realidade, não soubessem como proceder com aquele caso repentino e tão assustador.

Maria passava os dias no orfanato, sufocada pela doença e temendo o dia em que seria levada ao casarão dos rebeldes. Muitos outros órfãos adoeceram e os sintomas iam e vinham, de forma muito inusitada. Ela tinha dias de aparente melhora, e outros em que não podia sair da cama. Assim era com os demais doentes.

Dessa forma, os dias continuaram se arrastando, banhados pela chuva mansa.

– Meu filho, eu sei que você não vai me contar o seu plano. Então, bolei o meu – disse José, em uma tarde, quando Toby observava a chuva através da janela do casebre.

–Você também bolou um plano, papai?

– Sim. Na verdade, não é bem um plano. É, na verdade, uma tática para provar meu amor para sua mãe e, assim, fazer com que ela aceite voltar a viver ao meu lado.

– Isso é ótimo! O que você vai fazer?

– Quando sua mãe voltar, eu serei o melhor dançarino que essa cidade já viu. Vou triplicar meus horários de aula de dança e, o mais importante, descobrir a cura para essa tal doença.

– Como assim, papai? Você não é médico!

– Não sou médico, mas sou um marido apaixonado por uma mulher adoecida. Então, se os médicos não me dão respostas, eu darei a eles.

– Como? – insistiu Toby.

– Isso eu ainda não sei – falou José. – E, se soubesse, não diria. Você anda todo misterioso com esse tal plano. Além do mais, não se esqueça de que sou perfeito, logo não há nada que eu não possa fazer!

Cheguei a pensar que a libélula tivesse morrido. Está imóvel há horas, a pobrezinha! Melhor não mexer com ela. Apenas interrompi minha narrativa para certificar-me de que ela está viva.

E não voltemos à história sem antes dizer que minha torcida para que o plano de Toby funcione é imensa, assim como para que a chuva dê uma trégua à Cidade dos Sonhos.

Não posso imaginar a Praça dos Anjos sem os coelhinhos brancos a guardar os jardins. Tampouco imagino as lojas de carinho fechadas e as máquinas de pipocas quebradas. E, diga-me, como pode, na Avenida dos Picolés, não abrirem as lojas de picolés?

A missão de Toby é grande e vai muito além de seu interesse em recuperar a mãe. Atravessa os limites do próprio sonho para difundir-se nos sonhos de uma cidade inteira e, consequentemente, de todas as crianças do mundo que, com suas mentes, dão vida àquele local.

A libélula está viva. Continuemos.

Os jornais mascaravam a real situação, ocultando as barbaridades feitas pelos rebeldes e enumerando as "boas medidas que eles haviam tomado".

Porém, houve uma notícia nada agradável aos que apoiavam as adoções e os órfãos eternos e que repudiavam a ação dos rebeldes que os jornais não puderam deixar de noticiar. A instituição pró-adoção deixara de existir!

Ninguém sabia se fora por vontade dos membros, rendidos ao medo daqueles novos tempos, ou se os rebeldes de fato haviam tomado alguma medida drástica para que a instituição fechasse as portas. Só o que se sabia era que os membros que não estavam desaparecidos viviam trancafiados em suas residências e diziam, em alto e bom som, que não eram mais a favor das adoções.

Ao deixar de lado o jornal, Toby olhou para o céu chuvoso, sentindo extrema saudade do sol e do bem que seu brilho trazia. Estufou o peito, pensando que, se tudo desse certo, até o sol poderia reassumir seu posto. Era do que precisava para encorajar-se. Sem a pró-adoção, os rebeldes estavam a um passo de assumir a cidade. Era hora de botar seu plano em ação.

Toby aproveitou que o pai estava no serviço, deu um beijo carinhoso em Cotton e foi para a casa de Oliver. Comunicou a Enzo e Naomi, que se juntaram a Jaque, Oliver e ele para discutir as medidas iniciais.

Sozinho, com a coragem e o medo oscilando em seu ser, Toby pegou o caminho que o levaria ao sucesso ou ao fracasso de um plano que mudaria sua vida para sempre. Cada um dos amigos sabia o que fazer, ele confiava naquelas crianças tanto quanto confiava em si mesmo.

Andou tentando parecer despreocupado pelas ruas e avenidas. Sabia o que faria em seguida e como teria que proceder para que seu plano caminhasse perfeitamente. Porém, o final da história ele não podia prever. Nem sequer planejar.

Não tinha mais escolha. Ou agia, ou se conformava em perder a mãe para sempre. Ou agia, ou via sua cidade tão amada se tornar um lugar impossível de se viver.

Ele escolhera agir. Agora, já não havia tempo para voltar atrás em sua decisão. Optara pela vida, pela família, pelo amor. Isso era suficiente para que sua luta tivesse o maior sentido que se podia ter.

Marchou na chuva, chegou à frente do casarão dos rebeldes e deu três toques leves na porta, sendo atendido por uma mulher desconhecida, com raios de sol vermelhos subindo pelo pescoço. Ela apenas o encarou.

Com a voz forte e autoritária, Toby disse:

– Eu quero me juntar ao movimento dos rebeldes.

A mulher esboçou um sorriso malicioso e arrastou a porta para que Toby entrasse. Ele se sentiu sufocado pela falta de luz no interior do prédio.

Dois meninos, muito grandes e fortes, chegaram rapidamente ao corredor de entrada onde estavam Toby e a mulher que o recepcionara. Os dois grandalhões prenderam-no pelos braços, imobilizando-o, e a mulher se aproximou.

Ela manteve a face muito próxima da de Toby, de modo que ele podia sentir seu hálito e sua respiração. Conforme ela proferiu as primeiras palavras, ele sentiu o corpo estremecer de pavor. Sua voz era fina e penetrante, como o ranger de uma faca afiada cortando a pele:

– Nós não estamos de brincadeira, se você trair nosso movimento ou voltar atrás em sua decisão, será caçado e tratado como um órfão.

– Eu também não estou brincando – respondeu o garoto.

A mulher sorriu e saiu do local. Devido à escuridão, Toby não pôde ver para onde ela foi, porém ouviu o ranger de uma porta próxima. Ele continuou preso pelos meninos rebeldes, chegando a sentir dores nos braços, tamanha a força com que o seguravam.

Passados alguns minutos, a mulher retornou ao corredor de entrada do casarão, com uma espécie de brasa quente nas mãos, que brilhava no negrume do interior do prédio. O local era de fato tão escuro que Toby não conseguiu ver exatamente o que era aquele instrumento.

Sentiu quando os dois meninos rasgaram sua camisa com força, expondo seu peito. Em seguida, a mulher levantou a brasa e Toby pôde ver que se tratava de um sol. Ele não teve tempo de reagir. A rebelde proferiu o golpe contra sua pele.

Toby gritou de dor ao sentir a brasa quente cortar sua carne, marcando-o para sempre. Os grandalhões riam da cena e a mulher o observava, de forma ainda desconfiada.

Após passar o ardor inicial, ela preencheu a cicatriz causada pela brasa com uma espécie de tinta vermelha, que foi costurada à pele de Toby de forma muito semelhante a uma tatuagem.

Ele fez força para não mais gritar, porém a dor daquele procedimento era imensa. Sentia-se realmente com a alma sendo marcada de forma irreparável. Era como se nunca mais fosse voltar a ser o mesmo.

Ao fim do processo, os dois meninos jogaram Toby ao chão. A mulher se abaixou e aproximou-se dele, dizendo:

– Você agora é um de nós, e lealdade é o que mais prezamos. Sou Estela e cuido dos novatos. Estarei de olho em você, até que se mostre confiável. Agora, levante-se. Um de nossos funcionários lhe dirá as regras do casarão.

Em poucos instantes, Toby ergueu-se e se viu sozinho no escuro corredor de entrada do casarão. Estela e os outros dois rebeldes haviam desaparecido. Ele chegou a pensar que estava sonhando. Contudo, a dor insuportável no peito o fazia acreditar que, de fato, aquilo tudo estava acontecendo.

Ouviu passos em sua direção. Sabia que alguém se aproximava, mas não conseguia enxergar seu rosto pela falta de luz. Quando a pessoa se aproximou o suficiente, ele pôde ver. Apenas não pôde acreditar. Era Caio, seu amigo.

Ele fitou-o por alguns instantes, pensando. Caio não sabia do plano. Ele não chamara o amigo, justamente por saber que não era simpatizante dos órfãos eternos e não se envolveria em uma ação que os ajudasse. Mas o que Caio poderia estar fazendo ali?

Estela tinha dito que um funcionário lhe explicaria as regras. Então, isso significava que Caio era um rebelde. Pensando bem, há um bom tempo Toby não via o amigo.

Por outro lado, ele o conhecia e sabia que, apesar de um pouco egoísta e influenciado pelas aparências, Caio tinha um bom coração. Era seu melhor e mais antigo amigo, era quase como um irmão. Rebelde, sim, mas um irmão que ele amava muito.

Será que os rebeldes haviam realmente vencido a batalha e inclusive pessoas de bem estavam sendo obrigadas a se juntar a eles? Ou será que Caio estava ali por livre e espontânea vontade?

Os breves instantes em que incontáveis pensamentos passaram pela mente de Toby enquanto continuava a fitar Caio – que também o encarava com um olhar penetrante – foram cortados pela voz do amigo:

– Siga-me – disse Caio.

Toby não compreendia. Era impossível que o amigo não o tivesse reconhecido. Ele nunca vira Caio tão sério e com uma voz tão intimidadora. Teve até medo de não lhe obedecer. Tentou ver alguma tatuagem em seu peito, mas a escuridão do lugar o impediu. Além disso, Caio vestia uma pesada manta vermelha, assim como Estela e os demais rebeldes que trabalhavam no casarão.

Imediatamente, Toby seguiu Caio, sem saber se a presença do amigo ali significava uma boa ou uma má surpresa. Ele desviou sua atenção, então, para o lugar em que estavam adentrando. Era ainda mais terrível que todos os seus pesadelos.

Ele não acreditava que estava no casarão dos rebeldes. E, o pior de tudo, que era um deles, marcado para sempre.

## O pesadelo no interior do sonho

*Ah, se Toby soubesse... A cada gaiola pela qual passava sentia os pelos eriçarem de arrepio ao olhar para os prisioneiros e pensar que ele era parte daquilo, daquela injustiça.*

Toby seguiu Caio por um vasto corredor onde só o que seus olhos conseguiam captar eram sombras que emanavam de luzes bruxuleantes de alguns candelabros. Vez ou outra ele ouviu gritos e sussurros que ecoavam através das paredes, chegando a se arrepiar com as lamúrias mais penosas.

Dentro do casarão, Toby percebeu que sentia mais frio do que nunca. Aquele era um local gélido, pavoroso. Não sabia se realmente a temperatura era mais baixa no interior do prédio dos rebeldes, ou se eram o medo e a repugnância que lhe davam a sensação de ter penetrado em um inverno infinito, onde o sol jamais brilhava e o calor não tinha lugar.

De qualquer forma, aquela sensação fria era mais uma prova de que seu plano tinha possibilidades de funcionar, afinal, o sol teria que se fazer presente ali para espantar a frieza dos rebeldes.

Toby foi despertado daqueles pensamentos quando Caio parou, deu três suaves batidas em uma porta de madeira e a abriu. Uma luz fraca inundou o corredor, mostrando que no cômodo em que estavam prestes a entrar, a luz também era praticamente extinta.

Conforme adentraram o local, surgiram gritos apavorantes e pedidos desesperados. Toby teve a sensação de que dezenas de pessoas gritavam, imploravam e choravam. Caio fechou a porta que tinham acabado de cruzar e, então, Toby demorou alguns segundos para processar as informações que seus olhos lhe passavam.

Tratava-se de uma vasta câmara, que se estendia muito ao longe. Em seu interior, muitas gaiolas estavam dispostas em fileiras e, o mais assustador, dentro de cada uma havia um prisioneiro. Na maioria, eram órfãos eternos, porém também havia crianças e adultos que, de alguma forma, desafiaram ou atrapalharam os planos dos rebeldes.

Patrulhando os corredores, guardas proferiam palavras agressivas para os prisioneiros que não faziam silêncio.

– Os novatos trabalham aqui – disse Caio. – Vista isso. Você fará ronda na câmara por quarenta e oito horas. Então, se tudo correr bem, pensaremos qual será o seu destino no casarão.

Caio jogara uma manta vermelha para que Toby se cobrisse. Ele percebeu que os demais rebeldes vestiam aquela roupa, uma espécie de uniforme. Assim que Toby se cobriu, Caio continuou dizendo:

– Sua função é impedir que fujam ou se rebelem de alguma forma, e também escoltar os que sairão da gaiola para cumprir alguma tarefa, como ser alugados para passeios na praça, ou os que irão para a sala de tortura por algum motivo. Pode começar pelo corredor central.

Caio virou-se para sair da câmara, então, em um impulso desesperado, Toby disse:

– Caio…

Mas o amigo não o escutou – ou fingiu não tê-lo escutado – e saiu, batendo a pesada porta de madeira. Toby ficou imobilizado por um instante. Percebeu que cada gaiola era pequena demais e que o prisioneiro mal tinha espaço para se mover ou, decididamente, para se deitar.

Também viu que havia tigelas no chão de cada gaiola, com um tipo de mingau cinzento, e nem sinal de água. Cada um dos prisioneiros possuía as canelas presas entre si por grossas correntes. Os guardas rebeldes, que eram tanto crianças como adultos, à medida que caminhavam pelos corredores, insultavam ou até chicoteavam os presos mais indóceis.

A câmara toda era cinzenta. Fracos candelabros permitiam que os guardas visualizassem os prisioneiros, porém, não se podia dizer que era um local claro ou iluminado. O frio continuava, agora penetrando fortemente na alma de Toby.

Ele percebeu que teria que manter os pensamentos positivos e a mente voltada para a realização de seu plano, tomando sempre cuidado para não se deixar contaminar por aquele local repugnante, que seria sua casa até que o projeto chegasse ao fim.

– Ei, o que está esperando? – gritou um dos guardas, chamando sua atenção.

Ele não disse nada e caminhou até o corredor central, assumindo sua posição de guarda. Nos primeiros minutos, estremeceu com as cenas que viu, quase passou a se odiar pelo plano que elaborara. Em seguida, começou a reprimir com força o choro, para não se entregar. Mas, em poucas horas, já estava pensando em desistir de tudo. Não conseguiria ficar ali.

Pensou em Maria. Em como ela se sentiria ao saber onde o filho estava. Ao saber que ele, por melhor que fossem as suas intenções, tivera que ser parte de tudo que havia de errado no mundo. Ele era um rebelde agora, o sol vermelho no peito, latejando de dor, lembrava-o disso a cada instante. Será que Maria aprovaria o que ele estava fazendo por ela e por tudo o que a mãe acreditava?

E José? Tão perfeito em um mundo tão errado. Teria ele vergonha de ser pai de Toby ao saber a que ponto ele havia chegado? Será que José também renunciaria ao cargo de pai e subiria as colinas, tornando Toby uma criança eternamente sem família?

Por outro lado, sua consciência lhe dizia que aquilo era necessário, que ele precisava conhecer o errado para derrotá-lo. Precisava conhecer os pontos fracos do inimigo para, então, fazer valer os seus princípios, vencendo essa luta eterna entre o bem e o mal, e devolvendo a paz ao seu lar e à Cidade dos Sonhos.

Ele estava pagando caro pela audácia do plano. Só o seu coração sabia o quanto estava sofrendo ao ver aqueles outros seres humanos tratados daquela forma. Pensando bem, não era só ali no casarão dos rebeldes, em uma cidade formada pelos sonhos, que aquilo existia. Pelo mundo todo, dia após dia, cenas de opressão como aquelas se repetiam.

Toby não sabia dos detalhes de todas aquelas crueldades. Pelo tamanho do seu coração, se soubesse, não seria capaz de dormir nenhuma noite em paz e nem de ter mais sonhos tão grandiosos. Mas, sim, ele estava ciente de que não era apenas ali que aquelas coisas horríveis aconteciam.

Em cada canto do mundo, em todos os instantes, neste exato momento, alguma pessoa era inferiorizada por outra ou por um grupo, humilhada, tratada indignamente, aprisionada. E mesmo se não houvesse grades e gaiolas reais como na câmara, ela podia se sentir presa em uma sociedade que a taxava por ser diferente, que a aprisionava entre grades invisíveis da injustiça, fazendo-a prisioneira como aqueles órfãos, ou como os que eram opostos ao grupo que estava alcançando a dominância.

Ah, pobre Toby... A cada gaiola pela qual passava sentia os pelos eriçarem ao olhar para os prisioneiros e pensar que ele era parte daquilo, daquela injustiça.

Em meio a tantos pensamentos nebulosos, ele percebeu que não era parte daquilo apenas desde quando entrou no casarão e teve o sol vermelho tatuado no peito. Ele era parte daquilo desde sempre, pois era parte da sociedade.

Na verdade, todos eram parte sem saber, porque, de alguma forma, seguiam suas vidas sem olhar para os lados, concentrando-se apenas no próprio caminho, não enxergando quem estava nas margens, aprisionado, humilhado, desmerecido. E assim, sendo parte do errado e não lutando pelo certo, todos eram culpados.

Toby teve vergonha de si e percebeu como seu plano era fundamental. Ainda que motivado por questões particulares – a volta de Maria –, ele estava, pela primeira vez em sua longa existência, fazendo algo de bom pela humanidade, fazendo algo que beneficiaria muitas pessoas, não apenas ele e sua família. Era a primeira vez que o egoísmo não o dominava, porque todos são – somos – egoístas na essência. Era difícil, mas ele não podia parar, só assim estaria se tornando um pouco mais humano.

Se, em um primeiro momento, pensou em desistir, ir para casa e pensar em outra forma de trazer sua mãe de volta, agora, percebendo a importância de tudo e de como perdera esses infinitos anos em que existia pensando apenas em si mesmo, ele teve certeza de que se entregaria de corpo e alma ao plano e que o faria funcionar.

– Seu rebelde miserável, vai arder no inferno – disse um órfão, assim que Toby passou ao lado de sua gaiola.

Ele estava fingindo prestar atenção aos presos e lançando olhares raivosos sobre estes para que os outros guardas rebeldes não desconfiassem de nada, só não insultava, agredia ou cuspia nos prisioneiros, como os demais rebeldes faziam.

–Você vai ficar calado?

A voz penetrante causou arrepios na alma de Toby, assim que ele ouviu aquelas palavras. Virou-se e encarou Estela e Caio, que se aproximaram sem ele perceber e, consequentemente, escutaram o que o prisioneiro dissera a ele.

– Revide! – ordenou Estela. – Coloque esse órfão em seu devido lugar.

Toby olhou para o preso que o havia insultado. Ah, se ele soubesse a verdade! Se soubesse o quanto Toby queria ajudá-lo, tirá-lo dali e acabar com o seu sofrimento.

O menino olhou para os olhos daquele órfão. Certamente, ele tinha passado muitos anos em um orfanato, com a esperança de que alguma criança o adotasse. Tempos horríveis e sem-fim, esperando por uma família.

Enfim, quando perdeu as esperanças de ser pai e o sol dourado começou a surgir em seu peito, ele se tornou vítima do preconceito da sociedade, sendo taxado de órfão eterno. Em seguida, foi capturado, escravizado e, provavelmente, torturado – por nada ter feito, por não ter tido escolhas, não ter tido sorte.

Toby podia ler essa história sofrida em seus olhos. Uma história que se repetia todos os dias, enquanto o resto da sociedade fingia não ver – e ia para o trabalho, fazia tarefas de casa e se preocupava com as altas da bananada – e os oprimidos sofriam cada vez mais.

O homem encarava Toby com ódio, não só dele, mas do sistema.

– Eu prefiro não responder a esse... imundo – disse Toby –, pois ele pode estar querendo desviar minha atenção e facilitar a fuga de algum outro órfão... imundo.

– Você é inteligente – disse Estela com sua voz cortante, feito um grito estridente. – Eu gosto disso. Porém, uma ofensa a um imundo não irá tomar-lhe muito tempo.

– Claro que não. – Então, Toby se virou mais uma vez para o órfão e disse: – Seu ser repugnante, você é que vai arder no inferno!

Toby tinha chegado tão próximo da grade que não teve chance de reagir. As mãos do órfão o agarraram pelo pescoço e apertaram, com a intenção certa de sufocá-lo. Os outros presos aplaudiram e gritaram, fazendo um barulho enlouquecedor.

Tudo em que Toby podia pensar era no ar que lhe faltava. A luz se foi, decididamente. Ele desejou que o brilho do sol o esquentasse. Este foi seu último pensamento.

Desmaiou.

– Seu doido, o que está fazendo no casarão?

Toby podia ouvir a voz e até reconhecê-la, só não podia se lembrar de onde estava e do que tinha acontecido. Lentamente, abriu os olhos. Uma luz fraca penetrou em suas retinas e o fez levar as mãos até os olhos e esfregá-los. Apenas assim, conseguiu registrar o local em que estava.

Era um pequeno quarto, sem janelas, mas com uma fraca luz de velas – como em todo o casarão, não havia lustres ou lâmpadas, apenas luzes opacas e bruxuleantes. Ele estava deitado em uma cama e uma mulher com um sol dourado no peito – logo, uma órfã eterna – cuidava dele.

Ele a reconheceu imediatamente:

– Ro... Rosa? – disse, com dificuldade, reconhecendo-a do infeliz dia em que foi forçado a cuspir em sua face.

– Por que você voltou? – perguntou Rosa. – Eu lhe disse que a mulher que você procurava não estava aqui.

– Eu sei – respondeu Toby. – Eu a encontrei, ela está nas colinas. Estou aqui por ela, e por muitos outros motivos.

Toby contou o plano e as intenções que tinha.

– Você é completamente maluco! – falou a órfã. – Tome cuidado, você não sabe do que eles são capazes se descobrirem que os está enganando. Agora, descanse. Em pouco mais de uma hora eu virei buscá-lo.

– Você? Por quê?

– Minha função é de empregada no casarão. Cumpro ordens.

– Mas por que virá me buscar? – quis saber o menino.

– Pois irei escoltá-lo até a sala de tortura.

– Sala de tortura? O que está acontecendo? – perguntou Toby, em tom desesperador.

Conforme Rosa começou a falar, ele se lembrou vividamente do que acontecera:

– O órfão o atacou e o deixou inconsciente. Não pense que Estela e Caio fizeram algo para ajudá-lo. Eles não confiam em você, ainda não consideram você um membro do grupo. Então, fui chamada para socorrê-lo. Eu o trouxe a esta sala e cuidei de você nas últimas quatro horas. Estela esteve aqui e pediu para que fôssemos juntos para a sala de tortura, quando anoitecesse. Você irá castigar pessoalmente o órfão que o agrediu.

Toby congelou ao ouvir as últimas palavras:

– Eu irei torturá-lo?

– Isso mesmo. Será mais uma forma de provar que é um rebelde – disse Rosa.

– Mas, pobre homem! Eu não serei capaz de fazer-lhe mal algum!

– Eu disse que você não sabia o quão perigoso era o seu plano. Você não tem escolha, senão descobrirão sua farsa.

Toby começou a chorar.

Rosa acariciou sua face e disse:

– Não chore. Eu estarei lá com você.

– Por que você estará lá? – quis saber Toby.

– A tortura é coletiva, eu também serei castigada. Não por você, pode ficar tranquilo.

– O que você fez?

– O de sempre – disse a mulher. – Respondi e insultei um dos guardas, mas não se preocupe, estou acostumada.

– Rosa – disse Toby, lembrando-se do dia em que conheceu a mulher e presenciou a cena em que ela era jogada na escadaria e agredida –, você precisa parar com isso, pode acabar recebendo agressões mais graves e...

Mas Rosa o interrompeu e concluiu:

– Eu não me importo. Nessa altura em que estão as coisas, tudo o que me resta é não ficar calada. Isso enfurece os rebeldes e me diverte. Agora, descanse. Eu voltarei para buscá-lo.

As primeiras vinte e quatro horas – diga-se de passagem: sem comer, sem dormir e tendo que repor as horas em que ficou inconsciente – estavam se passando. Faltariam mais vinte e quatro para que Toby se provasse confiável.

Ele não sabia qual impressão passara durante a tortura do pobre órfão que o sufocara, apenas fizera o que Estela mandara fazer. O homem não havia gritado, nem expressado comoção com as dores sentidas, o que acabara por entristecer ainda mais Toby. Este que sabia que estava causando uma dor tão insuportável que, de tamanha revolta, o homem se calava.

Ele não gostava de se lembrar daquele momento. Foram instantes de tortura para ele também, que era uma criança pura e nunca fizera mal a nenhum ser vivo. Quando tudo chegasse ao fim, ele pediria perdão ao homem.

Doera também ver Rosa ser castigada. Os rebeldes estavam cada vez mais irritados com a audácia dela, e pegavam ainda mais pesado em suas torturas. E, para espanto de Toby, ela ria. Se ele não a conhecesse, diria que ela havia perdido a razão. Contudo, sabia que ela fazia aquilo para irritá-los ainda mais.

Houve outro detalhe que o intrigou, naquela noite, na sala de tortura. Ele pôde ver o chefe dos rebeldes. Ele estava lá, assistindo àquele show de horrores e dando ordens a todos. Toby não o conhecia, mas por suas expressões e trejeitos, percebeu de quem se tratava. Rosa, discretamente, confirmou suas suspeitas – era o louco!

Toby ficou ainda mais impressionado quando sua companheira surgiu e ele pôde reconhecê-la do dia em que subira as colinas e a vira sentada na escadaria do primeiro orfanato – a louca.

Eles sempre foram chamados assim por apresentarem distúrbios frente à tristeza que sentiam por nunca terem sido adotados. Mas Toby viu, na sala de torturas, que eles tinham canalizado essa revolta para algo diferente, não mais para a loucura, e sim para a vingança.

Por isso, ambos estavam desaparecidos. Haviam fugido de seus orfanatos e passado a liderar o movimento dos rebeldes, naquele casarão sombrio e completamente fechado. A teoria de Rosa era que eles passaram muito tempo planejando, estudando e fazendo contatos, sempre se escondendo por trás da fachada de loucos. Então, quando chegou o momento certo, assumiram a liderança do casarão, e foi exatamente aí que os rebeldes começaram a ganhar força.

Toby ficou triste ao ver a mulher ali. Ela estava muito diferente de quando a vira na escadaria do orfanato. Naquela vez, ela parecera inofensiva. Era difícil acreditar que aquilo fosse parte de um teatro – dela e do louco.

Na verdade, lembrando-se do dia em que conversara com Maria sobre isso, os loucos não passavam de vítimas. Sim, vítimas do sistema. Agora, de forma incontrolável, se revoltavam contra ele.

Naquela noite de torturas, Toby também reencontrou os dois rebeldes que o fizeram cuspir em Rosa. Eles o receberam com certo coleguismo, o que era um ponto favorável para o plano de Toby. Porém, o menino tinha medo de que não tivesse parecido sincero durante o castigo ao órfão que tentara sufocá-lo.

Toby continuou a caminhar pela câmara, prestando atenção em tudo o que via: um órfão em uma cadeira de rodas que o olhava com tristeza, sem nada dizer, a cada vez que se cruzavam; algumas mulheres chorosas e outras agressivas; outras ainda parecendo não estar acordadas, amontoadas em um canto da gaiola.

Triste também foi ver um dos pais de Jaque, sua amiga, preso em uma das gaiolas. Mesmo sem tê-lo visto antes, pelos boatos do casarão Toby sabia que era ele, o pai casado com um outro pai, que, por sua vez, estava adoecido no hospital.

O pai de sua amiga recebia um tratamento diferenciado. Era ainda mais humilhado, mal recebia as refeições e era castigado noite após noite. Já possuía, inclusive, um lugar reservado na sala de tortura. Toby pensou que seria melhor não contar esses detalhes à amiga.

Pode parecer impossível ver algum brilho em dias de tanta escuridão, mas, por entre todos aqueles momentos dolorosos, aconteceu algo muito bonito, na visão de Toby. Na noite em que esteve na sala de torturas e assistiu ao castigo do pai de Jaqueline e, quando o insultaram por ser casado com outro homem, ele gritou:

– Eu o amo, nada mais me importa!

Aquilo deixara os rebeldes ainda mais irritados e tornara o castigo pior, porém, para Toby, fora uma prova não só de amor, mas de lealdade. Algo cada vez mais raro de se encontrar na Cidade dos Sonhos.

Os castigos também eram mais severos para aqueles pais que haviam renunciado aos seus postos, como o pai de Enzo, o que fazia Toby ter ainda mais medo de que Maria fosse levada para lá.

Nas horas que se seguiram lentamente, Caio apareceu na câmara, mas sempre que Toby tentava puxar conversa, ou ao menos dirigir-lhe a palavra, ele fingia não ouvir. Quando faltavam apenas duas horas para Toby completar seu turno, ele começou a se desesperar. Queria contar tudo para Caio, não podia acreditar que não devia mais confiar no velho amigo. No entanto, falar com ele era impossível.

Toby estava preocupado, pois não sabia se Estela e os outros rebeldes confiavam nele. Caso desconfiassem, ele sabia que iria direto para a sala de tortura e que seria o fim de seu plano.

Já no orfanato, Maria estava em um daqueles momentos nos quais se sentia livre da doença. Como ela era a única enferma no local, Violeta conseguira mantê-la ali sem ter que enviá-la para o hospital. Na verdade, chegara aos ouvidos dela que lá não havia mais leitos disponíveis.

A mãe de Toby estava se sentindo bem disposta, algo raro nos últimos dias, e saíra para uma breve caminhada no jardim. Contudo, ela não estava sozinha. A culpa e o arrependimento lhe faziam companhia incessantemente.

Ela pensava em Toby, em como lhe cortara o coração ver o filho, no dia em que ele viera visitá-la. Ele era uma criança muito especial e ela desperdiçara a chance de ter um filho maravilhoso, que a escolhera com o coração e a acolhera como mãe desde o primeiro instante.

Pensava em Cotton, no casebre, na praia e no rochedo. Ela fora feliz durante o tempo em que vivera lá, mas deixara tudo para trás ao subir as colinas.

Por fim, pensou em José. Pensou em sua face perfeita, em seu corpo cuidadosamente esculpido, em seu jeito divertido e sua forma alegre de levar a vida e, sobretudo, no devotamento com que ele cuidava de Toby.

Afastou aqueles pensamentos. Ele viera do orfanato que, para ela, representava os erros da humanidade. Pensou então em algo que poderia ajudá-la: conversar com alguém que estava vivendo uma situação semelhante.

Chamou Violeta e perguntou:

– Você sabe se há mais algum pai ou mãe nas colinas que tenha renunciado ao cargo?

– Não há – disse Violeta. – Infelizmente, todos os que renunciaram já foram levados para o casarão. Eles são os alvos principais, pois, segundo os próprios rebeldes, são mais uma prova de que a adoção é algo ruim.

– Então eles se foram? – indagou Maria, aborrecida. – Não restou nenhum, além de mim? Eu devo ser levada em breve...

– Espere! – falou Violeta, repentinamente. – Há, sim, um pai. Ele está no quarto orfanato à direita do nosso. Agora me lembrei dele. Chama-se Lineu e renunciou ao cargo quando subiu de volta as colinas, como você. Porém, não fique otimista, não conseguirá falar com ele.

– Por que não?

– Porque, desde que voltou, ele passou por momentos terríveis de arrependimento e de saudades da família. Parece que se encontra traumatizado demais e ouvi dizer que perdeu a memória. É como se ele quisesse apagar as lembranças felizes para não sofrer por elas. Além do mais, ele não fala com ninguém e age como se fosse mudo.

– Pobre Lineu, eu entendo o remorso que ele sente – disse Maria. – Vou procurá-lo.

– Espere o horário livre – aconselhou-a Violeta. – Ele deve estar trabalhando.

– Ele trabalha?

– Claro, apesar de tudo, ele é um órfão eterno, assim como você. Aliás, apenas não lhe dei trabalho antes por estar doente, mas, já que se recuperou, preciso encontrar uma função para você. Só alerto que, assim que souberem que você está bem de saúde e trabalhando, os rebeldes irão levá-la e não posso fazer nada para impedir.

– Eu não tenho medo de lá, não temo nada mais – falou Maria. – Apenas não acho que esteja curada. As dores vão e voltam.

– Esperemos mais alguns dias antes que eu lhe dê uma função – falou Violeta, deixando Maria sozinha.

A mãe de Toby não perdeu tempo e foi direto para o quarto orfanato à direita do seu, embora ainda não tivesse soado o alarme do horário livre.

# O pranto do tucano

*Abriu seu coração e falou sobre o arrependimento que martelava sem piedade no fundo de seu peito. Falou da saudade de casa.*

Oliver caminhava pela Avenida dos Picolés. Estava distraído a ouvir as plantas e tudo mais que lhe quisesse falar. A chuva continuava na Cidade dos Sonhos. Ela havia definitivamente ocupado o lugar do sol e a cobria como um manto de águas infinitas.

Ele gostava da chuva, embora sentisse falta do sol forte. Na verdade, gostava de tudo o que era diferente, assim como ele. Portanto, em seu coração, a chuva era bem-vinda.

Pensava no plano de Toby e em como as coisas estariam indo até ali, dentro do casarão. Logo o amigo deveria enviar notícias com os próximos passos. Oliver mantinha, como sempre, sua alegria e seu otimismo.

Apesar de ser, como Toby, um antigo morador local, ele era uma criança por dentro, com direito a brincadeiras e sorrisos sem-fim. Enquanto saltitava sob a chuva, distraidamente, tropeçou em algo.

Virou-se para ver o que era:

– Nossa, um palhaço! – exclamou – Olá! Machuquei você?

O palhaço não respondeu. Oliver tentou contato mais algumas vezes, mas não obteve êxito, o palhaço parecia dormir. Que estranho. Afinal, os palhaços estavam sumidos e ninguém gostava de tirar um cochilo na chuva.

Oliver o sacudiu.

Ele abriu os olhos, vagarosamente, e fitou o garoto:

– Quem é você?

– Sou Oliver, e gosto muito de palhaços. Achei estranho encontrá-lo aqui, na chuva.

– Onde estou?

– No meio da rua.

– Estranho. Eu não sei como vim parar aqui – falou o palhaço. – Lembro-me apenas de que estava andando sem rumo.

– Foi só isso que aconteceu?

– Sim, pelo menos que eu me lembre. Eu estava triste, muito triste.

– Palhaços ficam tristes?

– Não por fora. Aparentemente, estamos sempre sorrindo. Nossa missão é levar alegria para as pessoas. Mas não se esqueça de que também somos seres humanos e temos nossos problemas, angústias e tristezas.

– Eu não gosto de vê-lo falando assim, sempre pensei que os palhaços fossem as pessoas mais felizes do mundo! Espere, eu escuto algo! – disse Oliver, pedindo que o palhaço se calasse. – Já sei, é o seu coração! Então, é verdade, você carrega muita tristeza. Mas o que aconteceu?

– É uma longa história.

A chuva continuava a molhá-los, e Oliver ficava cada vez mais intrigado com aquilo.

– Tome isso, sua órfã nojenta! – berrou Toby, proferindo um golpe certeiro em Rosa.

Vários guardas rebeldes chegaram ao fundo da câmara, onde o novato agredia uma órfã já conhecida por sua rebeldia. Estela e Caio chegaram rapidamente ao local, para verem com os próprios olhos.

Rosa estava desacordada, em decorrência do golpe que Toby lhe dera na cabeça. Os rebeldes a fitavam, sem socorrê-la. Ela não merecia nenhum tipo de cuidado. No meio da agitação, ela abriu um olho e piscou para Toby, sem que ninguém notasse. O menino apenas deu um sorriso discreto e continuou a encenação.

Pouco antes, Rosa o convencera a deixar que ela o ajudasse. Sabia que os rebeldes não se preocupariam com ela, de forma que não iriam atestar se estava realmente inconsciente. Sabia também que era a pessoa perfeita para fingir ser punida, visto que já havia tirado cada um dos rebeldes do sério.

Toby não tinha escolha, seu plano original se tornava mais arriscado a cada instante que passava dentro daquele casarão. Aceitou a ajuda da mulher e, no momento propício, gritou com ela e imitou o som de um golpe sendo proferido, ao mesmo tempo que ela emitia um fino grito e se jogava ao chão, fingindo estar desacordada.

– O que aconteceu aqui? – indagou Estela, com a voz estridente que causava repulsa em Toby.

– Essa órfã atrevida disse que sou frouxo. Ela teve o que merecia! – berrou Toby.

Em seguida, ele cuspiu em Rosa – pela segunda vez na vida –, que permanecia imóvel.

Estela, sorrindo, disse:

–Venha comigo.

Toby a seguiu, com Caio, deixando para trás Rosa, os outros guardas e os protestos dos prisioneiros na câmara. Ganharam o corredor principal, onde a escuridão o incomodou mais uma vez, e entraram em uma ampla sala, em que estavam o louco e a louca.

– Ele passou no teste – disse Estela. – Por vontade própria, insultou e deixou desacordada uma órfã.

– Muito bem! – disse o louco. –Você é um de nós e merece um cargo melhor que o da câmara.

– Espere um momento – falou a louca –, eu conheço esse menino. Ele já esteve nas colinas, no meu orfanato!

–Você tem pais adotivos? – perguntou o louco, em tom manso e amedrontador.

– Minha mãe subiu as colinas. Por isso, acho que todos os órfãos devem ser punidos – falou Toby, improvisando.

Os loucos e Estela gargalharam.

– É assim que se fala! – disse o louco. –Você ficará responsável pelo controle dos prisioneiros. Não trabalhará na câmara, mas sim em uma sala em que fará registros de quais órfãos são alugados, da hora em que devem retornar, dos recém-chegados, das gaiolas disponíveis. Enfim, é muito trabalho, mas você não o fará sozinho. Nosso amigo Caio já exerce essa função. Vocês trabalharão juntos. Agora, vão! Não ocupem mais o nosso tempo.

Ao saírem da sala dos loucos, Estela tomou um sentido oposto, deixando Caio e Toby a sós. Eles foram em direção ao corredor escuro e, em seguida, adentraram uma saleta, que parecia uma espécie de escritório, também iluminada por velas fracas.

Conforme a indicação do supervisor daquele orfanato, Maria dirigiu-se até Lineu. Ele estava com luvas e pás, cuidando dos jardins ao fundo do prédio, quando Maria se aproximou e tocou em uma das lindas flores das quais ele cuidava, Lineu pareceu aborrecido com a presença da mulher e virou-se, dando as costas a ela.

– Por favor, Lineu. Preciso conversar com você – disse Maria, suavemente.

Ele continuava a trabalhar, como se não houvesse mais ninguém ali.

– Temos o mesmo problema – continuou a mulher. – Eu renunciei ao cargo de mãe e estou muito arrependida. Sinto falta do meu filho, da casa dele. Sinto falta de ser mãe.

Lineu parecia concentrado em sua tarefa.

– Eu sei o quanto isso é difícil para você, mas não acredito que tenha perdido a memória. Sei que as lembranças de uma vida em família são muito fortes para que simplesmente nos abandonem. Você se lembra, e é exatamente esse o problema – completou a mulher.

Então, ela respirou profundamente e observou Lineu trabalhar em silêncio alguns instantes. Continuou a dizer:

– Você é o único aqui capaz de me ouvir verdadeiramente, e eu sou a única capaz de entendê-lo. Pense nisso. Voltarei amanhã.

Dizendo isso, Maria se afastou e voltou para o seu orfanato, enquanto a chuva banhava seu corpo.

– Eu também achava que todos os palhaços eram felizes – disse o palhaço, ainda caído no meio do caminho. – Como não fui adotado, tornar-me um palhaço foi uma forma de poder trabalhar na cidade em meios às famílias, de alegrar crianças e de ser feliz. Ser palhaço é uma das poucas profissões que cabem aos órfãos eternos por aqui.

Oliver o escutava, tanto as palavras que saíam de sua boca como aquelas ditas pelo seu coração.

– Eu consegui a proximidade que queria com as crianças e as famílias, porém isso não me fez feliz como esperava que fizesse. Pelo contrário, tornei-me ainda mais triste. Nos momentos em que estava trabalhando, fingia alegria e diversão. À noite, quando chegava em meu quarto e me lembrava de minha realidade e solidão, eu ficava triste. Era como se eu levasse uma vida dupla e, ao tirar a maquiagem, fosse apenas mais um homem solitário no mundo. Eu me lembrava de que nenhuma criança jamais seria meu filho, de que não havia sido digno de ser adotado. Agora, com essa chuva nunca vista, parece que o céu cinzento escureceu também meu interior, e eu saí caminhando sem rumo, chorando sem parar. Isso é tudo de que me lembro, até que você me encontrou aqui.

Ele fez uma pausa e Oliver ficou a fitá-lo.

A maquiagem borrada pela chuva escorria em sua face.

– Como você se chama? – perguntou Oliver.

– O quê? Eu abro meu coração e só o que você deseja saber é o meu nome?

– Sim – disse o garoto, sorrindo – Como você se chama?

– Anedotas – respondeu o palhaço, aborrecido.

– Venha comigo, senhor Anedotas, vamos para a minha casa.

– Por quê?

– Eu sei o que está acontecendo com você e quero ajudá-lo!

O palhaço se rendeu e foi para a casa do peculiar garoto que lhe oferecia ajuda.

Caio dera todas as instruções sobre o serviço e tirara todas as suas dúvidas, recusando-se a falar de qualquer outro assunto que não fosse relacionado ao trabalho. Toby o fitava de tempos em tempos, mas o amigo não tirava os olhos dos papéis e das anotações. Assim, dia após dia, aquela rotina se seguiu.

Toby dormia junto dos rebeldes, no andar superior do casarão, participava de suas festinhas e reuniões e era obrigado a presenciar algumas noites de tortura. Durante o dia, trabalhava ao lado de Caio, dirigindo-lhe a palavra apenas quando necessário. Aos poucos, ele ia executando seu plano sem ser notado.

Em um desses dias triviais, uma algazarra chamou a atenção de ambos. Eles saíram do pequeno escritório a tempo de presenciar um dos rebeldes ser agredido pelos demais.

– O que está acontecendo? – indagou Toby.

– Ele é um espião – respondeu Estela –, e participará da sala de tortura com direito a um tratamento especial esta noite. Viu, Toby? É isso o que acontece com os traidores.

Toby presenciou a cena com o medo assombrando sua alma. Sabia que a qualquer momento podia ser pego, que iriam descobrir sua farsa mais cedo ou mais tarde e ele poderia se tornar um prisioneiro, incapaz de executar qualquer plano que fosse e, ainda por cima, levando punições severas.

Naquele mesmo dia, a segurança do casarão foi reforçada. Dois guardas a mais foram colocados no saguão de entrada e Estela, que era responsável pelos novatos, teve seus serviços redobrados. Tudo aquilo causou uma série de atrasos no plano de Toby, e ele foi forçado a mudar de estratégia.

Numa manhã, conforme previra, chegou aos guardas que ficavam no saguão de entrada do casarão – aquele saguão escuro, logo atrás da porta principal, onde Toby fora marcado com o sol vermelho no peito – e disse:

– Corram, houve um problema na câmara, precisamos de reforços!

– Mas a entrada ficará descuidada... – disse um dos guardas.

– Eu tomarei conta. Agora, vão! Precisamos de vocês lá!

Assim que eles se afastaram, Toby saiu pela porta principal e, nas escadarias externas do casarão, encontrou quem precisava.

Coberta com um manto preto, uma garota de sorriso alegre, porém, assustado, aproximou-se:

– Olá, Jaque – disse Toby. – Pegue isso e leve para ler junto de Oliver, Naomi e Enzo.

– Meu pai está bem? – ela perguntou.

– Sim – respondeu Toby, que pretendia não contar sobre as constantes punições que o pai dela sofria. – Agora preciso entrar.

Jaqueline olhou para os dois lados. Ninguém avistara a cena. Ela caminhou a passos apressados na chuva e desapareceu. Toby estava prestes a voltar para dentro do casarão, quando algo chamou sua atenção.

No parapeito de uma das janelas escuras do casarão, do lado de fora, bem próximo de onde ele encontrara Jaqueline, estava Tucano. Fazia tempo que ele não via as aves, sobretudo porque elas não se aproximavam do local dos rebeldes.

Elas possuíam um próprio casarão, que, ao contrário daquele em que Toby agora se encontrava, abrigava um verdadeiro paraíso, um santuário conhecido como o jardim dos tucanos. Era reconfortante ver uma daquelas aves tão sábias e que tanto haviam ajudado Toby, assim como as outras crianças da cidade, após o período de escuridão em que vivia junto dos rebeldes.

Contudo, Tucano não parecia feliz. Toby queria perguntar-lhe o que estava acontecendo, mas não podia. Tinha que entrar imediatamente no casarão se quisesse continuar com seu plano sem ser descoberto.

Parecendo saber disso, a ave agitou suas asas, fazendo sinal para que o garoto se apressasse e entrasse rapidamente. Perplexo,

Toby encarou o animal por alguns segundos e, para sua surpresa, Tucano piscou para ele.

Pensando estar maluco, Toby deu meia-volta e entrou. No instante em que estava prestes a fechar a porta, escutou um som que lhe atravessou a pele, como se o dilacerasse, cortando-o e chegando até sua alma. Era um som infinitamente triste que representava todo o pesadelo que agora recobria uma cidade construía por sonhos.

Era Tucano. O som vinha de seu choro, do lado de fora do casarão. Tucano chorava e se lamentava ao ver tanta felicidade recoberta por sombras, e seu choro era tão estridente e sufocante que quase fez com que Toby parasse de respirar, tamanha a fúria com que o atingiu.

Ele queria ficar ali, parado, preso naquela lamúria com Tucano, mas justamente seu choro lhe deu forças, pois fez despertar dentro do garoto uma gana ainda maior e uma vontade incontrolável de seguir seu plano e fazer com que os sonhos voltassem a dominar a vida daqueles que ele amava. O pesadelo precisava ter um fim.

Como se ouvisse seus pensamentos, Tucano silenciou o choro, bateu asas e voou para longe. Toby encarou a escuridão do casarão, mais uma vez. Estava sozinho. Os guardas ainda não tinham voltado. Ele correu para o escritório e fingiu que nada acontecera.

– Este papel contém todos os detalhes sobre a rotina do casarão e dicas sobre o recente reforço na segurança dos rebeldes! – disse Enzo, ao ler a carta de Toby. – Ele conseguiu! Agora sabemos o que precisamos para o dia de nossa ação!

– Só espero que ele não tenha corrido perigo para nos entregar essa carta – falou Naomi, pensativa.

– Quer dizer que alguém diz para irem para a câmara e vocês simplesmente abandonam seus postos? – berrava Estela para os dois guardas do saguão de entrada do casarão. – Só a mim vocês devem obedecer, seus inúteis!

Seus gritos eram tão fortes que Toby e Caio podiam escutar do escritório.

– Vocês também serão punidos! – ela continuou.

Então, após uma breve pausa:

– Ao menos sabem quem inventou que acontecia algo na câmara para que a entrada ficasse desprotegida?

Os guardas disseram que não faziam ideia, pois a escuridão do local não permitira que vissem. Uma nova pausa quebrou os gritos de Estela e, após longos instantes, ela voltou a dizer:

– Pelo menos sabemos que há mais um traidor entre nós. Eu descobrirei quem é e ele será punido como merece.

Os passos agressivos de Estela foram ouvidos ecoando pelo casarão. Ela se distanciou do corredor e Toby e Caio não puderam ouvir mais nada. De volta ao silêncio, continuaram a trabalhar como dois desconhecidos.

No dia seguinte, acompanhada pela chuva que ainda caía nas colinas, assim como em toda a Cidade dos Sonhos, Maria foi até o orfanato onde vivia Lineu. Ele estava novamente cuidando das flores e continuou a agir como se ela não estivesse ali.

Maria falou muito com o homem. Sentou-se ao seu lado e contou sua história de vida. Mesmo que ele não respondesse, ela sabia que o homem a escutava com atenção enquanto cuidava das flores, e que a compreendia.

Descreveu seu sonho de ser mãe e a inversão de valores que fez com que as adoções fossem dificultadas. Falou sobre Toby, José e o casebre no abraço do mar. Até sobre Cotton ela contou e sorriu ao lembrar-se do amável animal.

Até que chegou ao ponto em que desejava. Narrou as brigas com José e como Toby se sentia extremamente mal com aquilo, fazendo-a decidir subir as colinas. Abriu seu coração e revelou o arrependimento que martelava sem piedade no fundo de seu peito. Falou da saudade de casa.

Lineu continuou a não dizer nada, mas parara de mexer no jardim e estava sentado na grama, ao lado de Maria, contemplando o horizonte chuvoso. Ele parecia estar em uma galáxia distante, tamanha era a profundidade de seus pensamentos.

– É uma pena que você não queira se lembrar – falou Maria. – E é uma pena que não queira falar comigo, ou com ninguém, e se abrir, contar suas aflições. Eu calei-me por muitos anos, mas agora vejo como tudo parece mais fácil quando dividimos nossas angústias com alguém. Você sente vontade de voltar para casa?

A pergunta pairou no ar, como tantas outras. Lineu não respondia, apenas fitava o céu cinzento que cobria a Cidade dos Sonhos como uma grossa manta.

Maria estava se levantando para ir embora quando dois meninos se aproximaram sem aviso prévio, acuando-a, e disseram:

– Você deve vir imediatamente conosco. Foi convocada a ir para o casarão junto dos demais órfãos eternos.

Maria sabia que aquele momento chegaria. Contudo, ele parecia muito mais difícil agora que de fato era real. Ela sorriu para Lineu, tentando parecer despreocupada, e um som quase inaudível penetrou em seus ouvidos.

Era a voz de Lineu. Ele estava falando pela primeira vez em muito tempo. Estava rouco e fraco, mas era possível distinguir suas palavras sussurradas:

– Sinto vontade de voltar para casa, sinto falta da minha família.

Maria sorriu.

Era isso que fora buscar ali, naquele orfanato: alguém que sentisse o que ela sentia e que mostrasse que toda dor compartilhada se amenizava. Ela sabia que Lineu lhe compreendera, o que era suficiente para que provasse a si mesma que os sentimentos insuportáveis que possuía eram reais e, exatamente por isso, teriam fim algum dia.

A mãe de Toby seguiu os garotos rebeldes que vieram buscá-la e desceu as colinas.

# Vestígios de luz

*Ele quase podia ouvir a voz distante de Tucano a lhe dizer isso por sussurros que o atingiam em meio às sombras, trazendo vestígios de luz. Como candelabros bruxuleantes, raros e tímidos, mas ainda existentes naquela escuridão toda.*

Toby acordou cedo, na manhã seguinte, embora não tenha sido a claridade que o tivesse despertado. O casarão dos rebeldes, sua nova casa, continuava mergulhado nas sombras, a luz nunca conseguia penetrá-lo.

Acordou cedo porque tudo lhe dava arrepios, e ele não conseguia ficar mais um minuto na cama. A sensação de pavor era constante até quando conseguia, finalmente, fechar os olhos e descansar um pouco.

Desde o dia em que ali chegara não conseguia dormir direito, nem comer, nem respirar. Era como se uma energia ruim o envolvesse, roubando-lhe a vida aos poucos.

Já que havia acordado, foi até o escritório para mostrar serviço e ganhar mais créditos com Estela, que agora vigiava todo e qualquer rebelde ainda mais de perto.

Caminhando pelo escuro corredor, um dos guardas o chamou:

– Você! Leve essa órfã para uma gaiola!

– Esse serviço não é meu, preciso ir para o escritório – respondeu Toby.

– Deixe disso, os meninos que fazem esse serviço estão dormindo. Leve-a!

Não tendo escolha, Toby fez sinal para que a mulher o seguisse. Eles caminharam em silêncio pelo extenso e escuro corredor. Algo o incomodava além do usual.

A órfã eterna recém-chegada parecia lhe lançar olhares furtivos a cada momento, principalmente quando passavam por um candelabro e a rara luz os envolvia pelo instante de uma respiração.

No próximo ponto iluminado do corredor, à luz de velas, Toby finalmente olhou para a mulher. E parou de andar, imediatamente.

Já estavam chegando à câmara e eram capazes de ouvir as lamúrias em seu interior.

Continuou a fitar a mulher sob a luz da vela. Teve vontade de gritar, de correr, de chorar, de abraçar a mãe e fugir com ela daquele lugar para sempre. Mas ambos sabiam que não era possível.

Maria olhou para os dois lados do corredor e então perguntou, em tom de sussurro:

– O que você faz aqui? O que isso significa?

A última frase ela disse olhando para o sol no peito do filho. O único detalhe era que o sol dela era dourado e o dele, vermelho.

– Não é o que você está pensando, eu nunca seria um deles – Toby apressou-se em dizer.

– Eu sei – falou a mãe.

– Eu tenho um plano – ele completou.

Eles estavam próximos à câmara e, nesse instante, ouviram passos apressados e o som de uma porta rangendo ao se abrir. Era um guarda. Ele os identificou no corredor e gritou:

– Essa é a recém-chegada? Por que estão demorando tanto?

Toby não disse mais nada. Ele e a mãe apenas caminharam em silêncio e entraram na câmara. Maria tinha uma expressão assustada ao vislumbrar pela primeira vez o local.

O garoto escoltou sua mãe até uma gaiola livre e a prendeu. De tudo o que ele passou na vida, cada momento de tristeza, solidão e desesperança, aquilo foi o mais difícil.

Para Maria, doera mais ver o filho com o sol vermelho no peito, vestindo a manta dos rebeldes, do que ficar trancada em uma jaula minúscula. Só no que ela pensava era que faria qualquer coisa para ter sua casa de volta, seu filho, sua família.

Família? Mas, e o rebelde? Ela pensou que estava decididamente perdendo a cabeça. José, o rebelde, fazia parte de seus sonhos sobre o futuro. Sonhos agora tão distantes.

Tal como a música do oceano deitando-se sobre a areia da praia.

Distante do casarão dos rebeldes ficava o mar.

Junto dele, em seu leito mais harmonioso, uma única casinha solitária se sustentava sobre palafitas. José estava lá, com Cotton, a observar o mar e escutar sua canção.

A chuva ainda caía, e os habitantes da cidade estavam conformados de que talvez ela nunca mais parasse. Era como se já fizesse parte da paisagem. Assim como o sol um dia havia sido.

O pai de Toby estava sentado, com as gotas de chuva a escorrer por sua face, pensando que tudo podia não passar de uma mentira. No fundo, ele sempre soube que não era perfeito, mas, como no orfanato lhe disseram isso, ele gostava de repetir, sobretudo para si mesmo. Aprendera a dançar, finalmente, embora duas coisas na vida ele não tivesse conseguido – o que provava que não era um exemplo de perfeição.

Uma delas foi descobrir a cura para a doença de Maria. Nos últimos dias, ele gastara o seu tempo e a sua energia nesse plano. Fora falar com médicos, amigos, até conseguira entrar no hospital (com as devidas precauções), mas nada descobrira.

A segunda conquista que ele não alcançou, de forma alguma, foi o amor de Maria. José nunca imaginou, nem em seus piores pesadelos, que se casaria com uma mulher que não só não o amaria, como também o odiaria. Uma mulher que não suportava viver sob o mesmo teto que ele. E o mais estranho era que, sem perceber, ele havia se apaixonado por ela. Ele não tinha sido treinado para o descaso, o preconceito, e a antipatia. No orfanato, disseram-lhe que todos iriam amá-lo, porque não havia nada de errado nele, absolutamente nada.

Hoje ele enxergava claramente, pela primeira vez na vida, que tinha falhas. Era como se as gotas de chuva estivessem lavando sua visão, até aqui embaçada por impurezas e mentiras. Um dia, Toby lhe dissera que ele tinha imperfeições, que fora alertado a respeito disso quando o escolheu como pai.

De fato, José sentia-se mais humano a cada dia. Maria podia ter razão sobre o que dizia a respeito dele, de seu passado. O difícil agora seria provar que estava mudado, que enxergava a verdade que se escondia bem no fundo de seu ser, que sabia de suas falhas e que as aceitava.

Se ele ainda tivesse uma chance de mostrar a Maria quem realmente era, seria a pessoa mais feliz daquela cidade. Podia não ser perfeito, mas a palavra *desistir* não era bem-vinda em sua vida, de maneira alguma.

Se ele soubesse
que só o amor causa mudanças,
promove a vida e a liberdade
e realiza esperanças.

Aceitando as próprias falhas,
amaria mais
e sem medo.
Viveria o amor,
lutaria pela vida,
lutaria por si, aceitando-se,
lutaria pelo amor.

José aprendeu junto ao mar, a Cotton e à chuva.
Eu, junto aos versos e à minha amiga libélula.
E você?

Os dias no casarão continuaram a se passar.

Toby trabalhava diariamente ao lado de Caio, mas cada vez que tentava lhe falar, o amigo fingia precisar resolver algo em outra sala e desaparecia. Apesar disso, já tinha percebido que ele o olhava algumas vezes enquanto trabalhava, como se quisesse dizer algo.

As torturas continuavam a acontecer e, quando não era obrigado a comparecer a tais sessões, Toby ainda ouvia claramente os gritos e castigos, visto que não existia lugar no casarão de onde não se pudesse escutá-los.

Ele rezava a todo instante para que não chegasse o dia da tortura de Maria, porque não suportaria ver ou ouvir. Mas a fila de órfãos a ser castigados estava andando mais depressa do que o esperado.

O fato de ser parte de tudo o que havia de errado no mundo o estava consumindo aos poucos. O uniforme vermelho e o sol tatuado no peito faziam-no sentir cada vez mais nojo de si. Como se não bastasse, com o episódio do qual fizera parte, arriscando-se para entregar a carta aos amigos do lado de fora e deixando Estela ainda mais desconfiada da presença de um traidor no casarão, dera-se conta de que precisaria de um novo aliado ali dentro, o que se tornava cada vez mais improvável.

Além do mais, para o sucesso de seu plano, ele dependia de algo que não estava necessariamente sob seu controle. Ele precisava de luz.

Em mais uma manhã escura e gélida, o garoto levantou-se e foi checar a lista de órfãos a castigar. Ele estava pressentindo, antes de ver o nome de sua mãe, que aquele dia seria longo e difícil. De fato, o nome de Maria estava naquela lista.

Toby se desesperou. Por ela ter renunciado ao cargo de mãe, receberia castigos ainda mais severos. Ele foi para a câmara. Sua mãe estava lá, com o olhar triste, fixado em um ponto qualquer, como um barco sem rumo em meio a um oceano sem fim.

Estava sentada com o corpo todo torto em sua gaiola, por não dispor de espaço suficiente para se deitar. Toby fez uma força sobre-humana para não chorar, para não correr até lá e soltá-la. Ele a olhou de longe por infinitos instantes, com o coração partido, sem que ela percebesse sua presença. De repente, deu-se conta de que alguém o chamava em um sussurro.

Era um homem que estava em uma das gaiolas, o pai de Jaque, alvo preferido na sala de tortura. Toby olhou para os lados, com medo. O guarda daquele corredor aproveitara sua presença para se sentar e descansar.

Ele então aproximou-se da gaiola do órfão que o chamava:

– Por favor, deixe-me ajudá-lo, eu sei que você é bom e que, se está infiltrado aqui, tem um bom motivo – pediu o pai da amiga.

Toby estranhou, mas sabia que ele estava falando a verdade, sentia isso através do olhar sofrido daquele homem que, por amar outro homem, estava sendo castigado e humilhado, em uma sociedade que pregava o que era certo da forma mais errada possível. Em uma sociedade que não se importava se o sentimento daqueles dois homens era verdadeiro, mas apenas que a imagem dos dois juntos era estranha e, portanto, não poderia ser aceita, pois só o que era valorizado eram as aparências.

Tudo isso fazia com que um redemoinho de pensamentos circulasse por sua cabeça. Aparências. José. O orfanato dos rebeldes e seus pais fabricados com perfeição para atenderem uma demanda que acabou por instalar o caos na cidade, após trazer injustiça, preconceito e a marginalização daqueles que não eram escolhidos. Daqueles que não eram perfeitos. Órfãos eternos.

Toby pensou não apenas no pai, mas em sua origem, em Caio e sua filosofia de adotar pais perfeitos – será que isso o conduzira até o lugar em que agora ele se encontrava? Confuso, despertou de seus pensamentos e respondeu ao pai de Jaque, que o observava com um misto de curiosidade e súplica no olhar:

– Já não sei mais o que estou fazendo. Perdi a força para lutar. O nome de minha mãe está na lista de hoje da sala de torturas – desabafou o menino.

O pai de Jaque o fitava de forma penetrante, como se pensasse em algo para fazer.

– Sinto muito, você não pode me ajudar. E eu já não posso ajudá-lo também, não tenho forças para seguir com meu plano – falou Toby.

– Eu posso, sim, ajudá-lo – disse o homem. – Posso garantir que a tortura de sua mãe seja adiada para amanhã, assim você terá dois dias inteiros para realizar seu plano. Você acha que consegue?

Toby balançou a cabeça afirmativamente e se afastou do homem, perguntando-se o que ele tinha em mente.

Ele não havia pensado para responder, mas o simples fato de ter alguém disposto a ajudá-lo causara uma espécie de impulso em seu ser. Ele não sabia para onde estava indo, mas queria ir adiante. Estava confuso, perdido e quase sem esperanças, quando olhou para a mãe mais uma vez.

Em sua gaiola, Maria continuava sentada, a contemplar o vazio. Não era hora de desistir. Jamais poderia ser. O único caminho possível era a luta e o único resultado que Toby deveria aceitar era a vitória.

Ele quase podia ouvir a voz distante de Tucano a lhe dizer isso por murmúrios que o atingiam em meio às sombras, trazendo vestígios de luz. Como candelabros bruxuleantes, raros e tímidos, ainda existentes naquela escuridão toda.

# Os caçadores do sol

*Eu não posso julgar os caminhos que o trouxeram até o casarão. Todos temos o bem e o mal dentro de nós.*

Toby trabalhava silenciosamente ao lado de Caio quando escutou um rebuliço vindo da câmara. Ambos pararam suas tarefas e foram até o local.

Era o pai de Jaque. Segundo um guarda informou, ele fizera um discurso de desprezo aos rebeldes e fora aplaudido pelos órfãos engaiolados. Na mesma hora, o guarda o tirara da gaiola e o castigara perante todos os outros.

Nesse momento, Estela apareceu e declarou:

– Este órfão imundo deve ir já para uma sala isolada e ficar no aguardo de uma sessão especial de tortura.

– Mas temos uma fila de outros órfãos para torturar... – disse um dos rebeldes que viera à câmara para ver o que estava acontecendo.

– Não importa! – determinou Estela. – Este aqui é ainda mais vergonhoso para nós. É aquele órfão que se casou com outro homem. O louco e a louca ficarão felizes em saber que temos mais uma noite de torturas com ele. Garanto que pegaremos ainda mais pesado dessa vez para garantir que ele não volte a nos desafiar.

O pai de Jaque foi levado para fora da câmara sob os aplausos dos demais presos. Estela parecia fora de si:

– Calem-se, seus órfãos imundos! – ela gritava.

Toby entendeu. Agora seria uma corrida contra o relógio. O pai da amiga se sacrificara para que a mãe de Toby não fosse torturada naquela noite – já que passou a ser a atração principal – e o garoto pudesse concluir seu plano.

A tortura de Maria foi, de fato, adiada. Ele precisava botar seu plano em ação. Mas, como? Acabava de obter uma pequena vitória e tinha de agir imediatamente.

Foi para a sala de trabalho, para pensar e não levantar suspeitas. Toby fingiu que trabalhava nos registros dos órfãos, enquanto sua cabeça tentava se concentrar no plano. Só um milagre poderia ajudá-lo.

Sua cabeça doía de tanto pensar, porém a solução viria. E foi em meio a tal confusão que Toby ouviu a voz de Caio ao seu lado:

– Precisamos conversar.

Ele não acreditou em seus ouvidos. Caio havia falado com o bom e velho tom amigável que Toby conhecia e amava. Era um milagre. O milagre que ele estava esperando.

– Caio, que bom que falou comigo.

– Perdoe-me, meu amigo. Não falei antes por vergonha. Você sabe que não sou contra a adoção, mas tenho alguns pensamentos que se afinam com a linha de ação dos rebeldes. Comecei a frequentar algumas reuniões, mas, com o passar dos dias, não permitiram que eu saísse do casarão. Tenho vergonha por estar aqui, por ser um deles.

– Caio, eu sei que você tem um bom coração, somos amigos há muito tempo. Nunca pensei que fosse um rebelde em sua essência.

– Assim como sei que você não é – falou Caio. – Eu tenho aguentado tudo em silêncio. As torturas, as prisões, as humilhações dos órfãos. Não gosto disso, Toby. O único lado positivo é que viver aqui me fez repensar minhas atitudes e conceitos. Mas não aguentarei ver o pai da Jaque ser castigado novamente. Ela não está aqui, eu tenho que defendê-lo!

– Eu entendi certo? – perguntou Toby – Você... e a Jaque?

– Sim – disse Caio, chorando. – Eu a amo, Toby, sempre a amei. Não quero que algo de pior aconteça a seu pai.

– Caio! Você que sempre quis uma família perfeita nas aparências se apaixonou pela garota que é a protagonista de um dos casos mais polêmicos de adoção na Cidade dos Sonhos?

– Não é hora para sermões, eu vejo as aparências por outro ângulo agora que estou aqui. Este lugar mexeu com a minha cabeça, é enlouquecedor – disse Caio.

– Eu sei, me desculpe.

– Conte-me por que está aqui, eu quero ajudá-lo, seja como for.

– Ter você do meu lado, participando do plano contra os rebeldes, será decisivo para que nossa cidade reconquiste a paz – falou Toby. – Obrigado, amigo, muito obrigado. Eu não posso julgar os caminhos que o trouxeram até o casarão. Todos temos o bem e o mal dentro de nós. O importante é que você está aqui comigo, neste momento.

– Toby, tudo isso me fez perceber que possuo sentimentos que não sabia que tinha.

– Meu amigo, ao executar o plano, sei que descobriremos ainda mais sentimentos em nosso interior. Tudo mudará, jamais seremos os mesmos. É hora de agir. Nem minha mãe, nem o pai da Jaque, nem órfão algum será castigado novamente.

O primeiro sinal já tinha sido dado. Os amigos do lado de fora do casarão estavam a postos. Jaque, Enzo e Naomi permaneciam na calçada, esperando o próximo sinal.

Enquanto isso, Oliver e seu amigo, Anedotas, estavam na Praça dos Anjos, atraindo o maior número de cidadãos que podiam. Arturzinho sabia do plano e dera a cobertura necessária para Oliver.

As pessoas foram chegando e o garoto e o palhaço começaram seus discursos:

– Onde estará o sol? – proclamou Oliver. – O rei de nossa cidade se foi porque não demos espaço para ele brilhar em nossas vidas. Nós o sufocamos por trás de nuvens de preconceito, contrariedade, humilhação e tristeza. É chegada a hora de resgatá-lo!

Esperando a hora de agir, Toby foi até a câmara ver como estava Maria. A mulher continuava sentada, na posição de sempre, a fitar o mesmo ponto sem sentido. Ele correu e a sacudiu sem se importar se alguém iria desconfiar de algo.

Ela não reagia, parecia desacordada, entregue a uma profunda tristeza.

– O que você está fazendo? – indagou o guarda.

Toby pensou rápido e respondeu:

– Esta órfã está doente e deve ser isolada para não nos contaminar.

Com a ajuda do guarda, Toby levou a mãe até uma sala de isolamento. Deitaram-na em uma cama e o guarda a acorrentou:

– Ela está inconsciente, não irá fugir! – disse Toby.

– São ordens da Estela – falou o guarda, saindo da sala.

Ele ficou a sós com a mãe, alisando seus cabelos negros. Lembrou-se de quando ela dançava. Aqueles fios ondulados rodopiavam ao vento conforme ela realizava movimentos graciosos.

Infelizmente, o que ele dissera ao guarda era verdade, Maria estava do jeito que ficou nas outras crises de sua doença. Toby beirava o desespero. Além de estar prestes a executar seu arriscado plano, a saúde da mãe se esvaía a cada instante.

Tentou pensar no que Tucano diria.

– A adoção é uma lei em nossa terra – continuava a dizer Oliver, para um número cada vez maior de pessoas. – É uma lei que sempre existiu e que é prova do amor e da importância da família. Com o tempo, deixamos que os valores se invertessem, cultivando as aparências. Depende de nós que nossa cidade volte a ser dos sonhos. Que as cores voltem a reinar, os coelhinhos a guardar nossos jardins, as lojas de picolés a funcionar, os risos a ser ouvidos, o sol a imperar.

Anedotas também se deixava levar por aquelas palavras, enquanto fazia brincadeiras que provocavam o riso das pessoas na plateia. Cada um dos ouvintes foi sendo contagiado por aquela onda de otimismo. Os risos foram renascendo nos habitantes da Cidade dos Sonhos. A verdade os despertava. Dependia deles, apenas deles.

A fina garoa foi se extinguindo aos poucos. Após dias consecutivos nos quais o céu chorou, um sorriso abriu espaço entre as nuvens. Era um sorriso vindo dos céus, mas que refletia a alma daqueles cidadãos. As almas também estavam voltando a sorrir, lentamente. O sorriso dos céus vinha em forma de brilho e atingia cada uma das pessoas na praça e, posteriormente, cada canto da cidade.

Eram os raios de sol abrindo espaço entre as nuvens. Extensas faixas de brilho que escapavam entre as nuvens inundavam a região como um sorriso verdadeiro entre lágrimas que agora partiam.

Do casarão, Toby vislumbrou por uma fresta na pesada cortina que o sol estava reaparecendo. Era a luz de que tanto precisavam. Ele viu que Oliver e Anedotas conseguiram, assim como cada um dos cidadãos que permitiu que as palavras lhe atingisse o peito e abrisse espaço para a luz do sol.

Seguindo o plano, Caio, por ser de confiança entre os rebeldes, conseguiu afastar os guardas da porta principal do casarão, facilitando a entrada de Naomi, Enzo e Jaque.

Cada um dos três foi para uma extremidade do casarão. Rosa, a órfã amiga de Toby, ficou responsável pela sala de tortura, Caio, pela recepção, e Toby, pela câmara.

De uma só vez, os seis amigos abriram as pesadas cortinas que vedavam a luz no interior do casarão. O sol já era fortemente visível no céu e seus raios adentraram as janelas dos rebeldes com uma força nunca antes vista.

Cada uma das salas, cada um dos cantos daquele casarão, que permanecera na escuridão desde sempre, foi repleto pelo brilho do astro rei. Ele estava de volta e reassumia seu cargo com felicidade e maestria.

Toby fechou os olhos e abriu o peito, deixando a luz renovar-lhe as energias. Ela era tão intensa e trazia uma alegria tão grande que chegava a causar arrepios.

Então, após abrirem todas as cortinas, os amigos foram para a recepção e se reuniram. Muitos rebeldes estavam lá, sem nada dizer. Contemplavam a luz com os olhos semiabertos, parecendo assustados, confusos e envergonhados com a presença do brilho intenso do sol. Era quase como se ela os cegasse, tão acostumados que eram com as trevas.

– O que é isso? – indagou Estela, com a voz fraca, irreconhecível.

– É a luz – disse Toby. – Vocês se fecharam tanto tempo na escuridão que não se lembravam de como ela é. Não tenham medo, ela não lhes fará mal.

– Ela dói – disse Estela.

Toby percebeu que, de fato, muitos rebeldes pareciam sentir dor. Mas não era uma dor física: era uma dor da alma. Alma que se fechara na penumbra e que agora sentia o impacto da claridade.

– A luz também lhes pertence – disse Toby. – Ela está sempre à nossa volta, querendo iluminar nossas vidas, guiar nossas ações e sentimentos. Depende apenas de nós deixarmos que a luz do sol entre em nossos corações.

Estela caiu no chão, chorando copiosamente, assim como outros rebeldes. O louco e a louca chegaram ao local, olhando fixamente para Toby. Ele não teve medo e gritou:

– É preciso deixar a luz do sol entrar!

# Um manual sobre como deixar a luz do sol entrar

*Não há nada eterno para o perdão, além dele próprio. Não há nada que ele não possa suavizar.*

A luz provoca milagres, você sabe. A luz que se desprende do sol e do coração. A luz da vida. Tamanho é o seu poder sobre nós! Ela é capaz de realizar mudanças permanentes em nosso ser.

E a receita é tão simples! Basta que deixemos que ela entre e se faça presente. É preciso lembrar de abrir as cortinas, às vezes. E não estou falando das cortinas de casa.

Na Cidade dos Sonhos, a luz milagrosa se origina do sol. Já em nosso mundo, ela é oriunda de diversas fontes. Rodeia-nos, querendo preencher nossos corações.

Cegos são os que não querem enxergá-la. Pobres são os que não a sentem, os que não se abrem aos seus encantos e ao seu calor.

A luz vem do outro. Vem da alma. Da verdade. Da amizade. Da natureza. Da prece. Da felicidade. Da timidez. Da ajuda a quem precisa. Da humildade. De fora para dentro. De dentro para fora.

Não perca tempo. Se acaso não abriu suas janelas e cortinas e ainda não deixou que a luz entre, é chegada a hora!

Neste momento, continuo minha narrativa, na esperança de convencê-lo a abrir as cortinas, assim como fez Toby. Saiba se abrir para a luz que vem de fora e também para a que se origina dentro de si. A libélula continua em minha companhia. Firme como uma rocha, fiel como um cão, delicada como uma crisálida.

Curiosamente, a noite, que me é cenário da presente escrita, chega ao fim. Vagarosamente, a lua despede-se de mim, levando também as estrelas. Assim sendo, os primeiros raios de luz do sol também adentram minha janela. Ainda são fracos e tímidos, mas meu peito está aberto a eles.

Tudo em seu devido tempo. A vida é uma poesia perfeita.

Quando acaba a noite, com seu belo tapete de brilhos salpicados, nasce o sol. Parece óbvio, mas pode ser algo complicado de se compreender verdadeiramente.

Você já pensou sobre isso?

Não era o fim do caos. Era o início do fim.

A louca chorava e abria os braços em direção à janela. O louco apenas fitava os demais. Por sua expressão, não era possível determinar se havia se rendido à luz do astro rei. Porém, definitivamente, ele não tinha o olhar assustador dos dias de penumbra do casarão, nem a mesma revolta que o assolava nas noites de tortura.

Caio, Toby, Rosa, Jaque, Enzo e Naomi foram ajudar os rebeldes que se sentiam fracos perante a luz que os saudava. Em minutos, Oliver e Anedotas chegaram ao casarão, seguidos por Arturzinho e sua equipe e por inúmeros cidadãos voluntários que queriam ajudar.

Os moradores da Cidade dos Sonhos não só se sensibilizaram com o discurso de Oliver e com a alegria de Anedotas como estavam otimistas e felizes com o retorno do sol.

O otimismo do menino fora fundamental e contagiara a todos, até ao palhaço mais triste que já existiu. Além disso, pelo fato de ser capaz de ouvir corações, Oliver sabia exatamente como fazê-los voltar a sorrir.

Os amigos sentiam-se orgulhosos por terem trazido o astro rei de volta. Sabiam que tudo dependia apenas deles. Sendo assim, eles se dispuseram a ajudar os órfãos e os rebeldes para que a justiça e a felicidade voltassem, preenchendo o interior de cada habitante, assim como a luz do sol preenchia agora as casas, as ruas e as avenidas.

Alguns rebeldes, sentindo-se renovados pela luz e iniciando a reparação de seus erros, fizeram questão de ajudar, acompanhando outros voluntários na soltura dos órfãos. Foi uma cena memorável ver Estela e alguns companheiros abrindo as gaiolas e, então, soltando as correntes que prendiam suas canelas. Outros rebeldes ainda estavam fracos ou demasiadamente envergonhados para ajudar os prisioneiros.

Em meio àquele cenário, Toby encontrou o órfão que o insultara em seu primeiro dia no casarão e o sufocara, pensando que fosse um rebelde. Ele tinha sido obrigado a castigá-lo e só de relembrar aquelas cenas seu coração fazia-se em pedaços.

O homem veio ao seu encontro e se ajoelhou aos seus pés:

– Perdoe-me! – ele dizia. – Eu pensei que você fosse um rebelde. Não sabia de seus planos maravilhosos para nos libertar e devolver a luz ao nosso povo.

Toby também se ajoelhou, ficando na altura do homem. Então, disse:

– Eu é que devo pedir-lhe perdão. Eu precisava que eles confiassem em mim para que meu plano desse certo. Doeu em minha alma cada segundo em que o machuquei.

Eles se abraçaram. Após instantes que trouxeram ainda mais luz ao seu coração, Toby se levantou, sentindo-se mais leve após ser perdoado, e correu à sala onde Maria estava isolada.

Ela já se encontrava acordada:

– Meu filho, quanto orgulho… – ela disse, com dificuldade.

– Não diga nada, mamãe. Minha prioridade agora é cuidar de você. Eu prometo que você ficará boa.

– Se você diz isso, meu filho, eu acredito.

José chegou ao local, atraído pelos boatos que se espalhavam pelos quatro cantos da cidade e guiado pelos raios do sol. Foi imediatamente ao encontro de Toby e Maria. Teve tempo apenas para um breve sorriso ao ver sua família reunida. Então, ajudou o filho a erguer a mãe para levá-la imediatamente ao hospital.

Enquanto cruzavam a recepção do casarão, Toby vislumbrou o que acontecia: muitos rebeldes e órfãos estavam sendo amparados pelos amigos do menino, pelos assessores de Arturzinho – até o prefeito trabalhava, ajudando seu povo – e pelos voluntários. Entre todos eles estavam o louco e a louca, deitados em macas próximas.

Os assessores escoltavam os rebeldes que não se redimiram e que não permitiram que o sol entrasse. No entanto, a maioria se rendera e estava sendo socorrida.

Oliver, ainda mais empolgado que o normal, dizia em alto e bom som:

– Ouço corações! Ouço corações gritando de alegria!

Toby não conseguia ver mais nada. Corria para o hospital com José, levando Maria.

Quando estavam quase chegando, José olhou carinhosamente para a esposa e disse:

– Permita que eu entre com você, que a acompanhe caso precise ficar internada. Eu não serei capaz de suportar nem mais um dia a sua ausência.

Maria apenas disse:

– Fique longe de mim.

Estava cada vez mais difícil para Toby manter as esperanças de ver sua família reunida, mesmo depois de um dia de tantas vitórias.

Maria foi recolhida no isolamento. Diariamente, Toby a visitava. José também ia, mas ficava do lado de fora, embora sempre tivesse uma pontinha de esperança de que ela perguntasse por ele. Os dois questionavam os médicos, mas ninguém sabia do que se tratava a estranha doença.

Misteriosamente, após o retorno do sol, muitos pacientes tiveram alterações nos sintomas e foram para casa. Alguns até pareciam completamente curados. Porém, Maria continuava entre os que permaneciam doentes. Suas dores no peito eram cada vez mais fortes e preocupavam os médicos.

Uma tarde, após voltarem da visita ao hospital, Toby foi se sentar com José na grama para ver o mar e acompanhar Cotton no passeio vespertino. Enquanto o animal pastava, pai e filho ficaram sentados, em silêncio, contemplando as ondas.

O azul infinito estava ainda mais vibrante depois que recuperara seu companheiro, o sol, que reluzia fortemente seus raios nas águas cambaleantes, formando um brilho que se projetava ao longe, a perder de vista.

Toby sentia-se feliz por estar ali, livre, e por poder ser ele mesmo, não tendo mais que viver na escuridão e vestir a pesada manta vermelha. A canção do mar encontrando a areia estava de volta à sua vida. Passara dias horríveis preso naquele casarão, mas valera a pena. E, para sua felicidade ser completa, faltava apenas que Maria se recuperasse.

José, sempre alegre e divertido, estava demasiadamente calado naquele dia.

– Você está bem, papai?

– Não, meu filho. É muito difícil reconhecer que sempre vivi em meio a uma mentira.

– Qual mentira?

– Eu não sou perfeito. Nunca fui e nunca serei. Você tinha razão, eu fui fabricado com falhas e imperfeições. Não fui capaz de encontrar a cura para a doença de sua mãe e tampouco conquistei o seu amor. De que adianta minha pele perfeitamente lisa, meus músculos invejavelmente esculpidos e meu rosto, que mais parece uma obra de arte, se nada é suficiente para trazer-me o amor?

– Papai, você não deve desistir. Vou contar-lhe um segredo. – Toby olhou fixamente para as ondas que se formavam ao longe e se quebravam na praia em um sussurro. – Você sabe o quanto eu amo o mar. Por isso, quis morar em nosso casebre. Mesmo sendo um pouco distante da cidade e da Avenida dos Picolés, eu não conseguia pensar em viver longe do azul infinito. Porém, há algum tempo, eu temia o mar. Ele era a coisa que mais me amedrontava no mundo, não podia nem ouvir falar a respeito do oceano.

– Eu não consigo imaginar isso – falou José.

– Mas é verdade. Eu temia o mar por não ter aprendido a conquistá-lo, por não saber me envolver com ele e seus mistérios.

– Assim sou eu e o coração de Maria – disse o homem, compreendendo o que Toby queria dizer.

– Exatamente – falou o filho. – E eu venci o mar, conquistei-o. Hoje, eu o amo e ele me completa. Superei meu medo, enfrentando-o. Busquei conhecer o mar e desvendá-lo. Dia após dia, eu entrava em suas águas e ia um pouco mais longe com minha canoa. Sua música, que antes me espantava, passou a me chamar para mais perto.

– Onde vive aquele seu amigo que ouve corações? – questionou José.

– Papai, você ouviu o que eu acabei de falar?

– Claro, meu filho. Justamente por isso você me deu uma ideia. Por favor, diga onde vive o seu amigo.

Toby explicou e José saiu correndo, deixando-o com Cotton no gramado em frente à praia. Ele se sentiu um pouco chateado pelo pai não tê-lo deixado terminar de contar sobre sua vitória ao conquistar o mar. E ficou olhando as ondas, junto do amigo pônei. No fundo, elas ainda eram um pouco assustadoras. E isso era maravilhoso.

Só o que ele queria era que aquilo acontecesse com José e com o coração de Maria.

Toby correu em direção ao hospital, onde fora chamado para comparecer, com urgência. O médico o esperava:

– Já temos o diagnóstico. Sua mãe pode ir para casa, assim como os demais doentes, e lá realizar o tratamento.

– Isso é ótimo! – disse Toby. – O que ela tem?

– O diagnóstico definitivo é *tristeza*.

– Tristeza?

– Sim – respondeu o médico. – Uma tristeza profunda, resultante de episódios isolados na vida de cada morador que, somada à tristeza coletiva da população que afastou o sol, agravou os casos da doença.

– De fato, mamãe ficou doente quando as brigas entre ela e o papai se acentuaram. E o quadro se agravou quando ela foi prisioneira e me viu no casarão.

– Mais uma prova de que nosso diagnóstico está correto – falou o doutor. – Além disso, veja que muitos se recuperaram quando a luz voltou a brilhar e os corações dos moradores voltaram a se encher de felicidade e otimismo. Antes, os corações estavam estressados, com sentimentos ruins, como inveja, superficialidade e falta de amor. Encontravam-se devastados por mazelas que nasceram aos poucos, mas que acabaram por consumi-los.

Toby estava pensativo, e o médico continuou:

– Você pode levar Maria para casa. O tratamento é simples. Ela deve receber muito amor, carinho e compreensão, além de realizar caminhadas diárias sob o sol.

– Cuidarei bem dela, doutor, pode ter certeza. Obrigado por tudo.

Ao se virar para a direção do quarto onde estava Maria, Toby lembrou-se de uma última pergunta:

– Como vocês chegaram ao diagnóstico?

– Foi um cidadão que nos deu a dica. Ele se chama José e estava acompanhado de um garoto que, se não me engano, chama-se Oliver. Ah, havia também um divertido palhaço junto deles.

## Algumas horas mais cedo...

– Eu sei que você ouve corações, preciso que me ajude, por favor – disse José, assim que entrou na casa de Oliver.

– Claro! Como posso ajudá-lo?

– Eu preciso descobrir o que minha esposa tem, preciso descobrir qual é essa doença que afetou tantas pessoas. Pensei que o coração dela pudesse dar alguma pista.

– Espere... – disse Oliver, pensativo. – Talvez seja a mesma doença do Anedotas. Eu o trouxe para casa justamente para ajudá-lo, pois quando o encontrei seu coração me disse o motivo de ele estar doente.

O palhaço surgiu na sala.

– Descreva seus sintomas, por favor – pediu José.

– Eu sinto uma grande infelicidade, como se a vida não pudesse voltar a ter graça e nenhum dos meus sonhos fossem se realizar. Meu peito e minha cabeça doem e tenho tonturas, chegando a ter episódios de desmaio.

– É isso! – exclamou José. – É exatamente isso o que a Maria e os outros doentes têm.

– Então, o diagnóstico é fácil – falou Oliver, com seu ar otimista e desajeitado de sempre. – Eu ouvi o coração do Anedotas, que me disse que seu único problema é que a alegria se esvaiu e não consegue encontrar o caminho de volta, assim como foi quando o sol desapareceu em nossa cidade e, por dias, só houve espaço para nuvens carregadas e muita chuva.

– Muito obrigado! – disse José, cumprimentando Anedotas e Oliver. – Precisamos logo conversar com os médicos. Anedotas e os demais doentes poderão ser tratados!

Com isso, o pai de Toby correu para o hospital junto do garoto e do palhaço, pediu para falar com um dos médicos e expôs sua teoria de que a doença era tristeza. Os médicos concordaram, fizeram reuniões finais e logo começaram a contatar os familiares dos doentes e a prescrever os tratamentos.

José não quis dar a boa notícia para Maria pessoalmente e pediu que chamassem Toby. Ele não queria causar mais aborrecimentos à mulher. Só o que lhe importava era que ela ficasse bem.

Já no casebre, Toby acomodou a mãe na cama e cuidou dela com todo amor que tinha. Queria que ela ficasse boa rapidamente.

– Meu filho, terei que voltar para o meu orfanato brevemente. Eu cometi o maior erro da minha vida renunciando ao cargo de sua mãe.

– Mamãe, conseguimos trazer o sol de volta à Cidade dos Sonhos. Tenho fé de que iremos conseguir que você volte a ser minha mãe oficialmente. Como já disse, eu lutaria contra o mundo se fosse preciso. Arturzinho me prometeu que se vencêssemos os rebeldes ele me ajudaria, e tenho certeza de que cumprirá sua promessa. Nosso prefeito é um ótimo menino e tem um coração de ouro.

– Mas eu não quero magoá-lo, pois ainda não aceito o seu pai.

– Ele a ama tanto, mamãe – disse Toby, sendo sincero. – Foi ele que descobriu a causa da sua doença, com a ajuda de Oliver e de Anedotas.

– Não é possível! – disse Maria. – Se isso fosse verdade ele teria que ter dado ouvidos a outras pessoas. Alguém que veio do orfanato dos rebeldes jamais faria isso. Eles pensam que são perfeitos e que não precisam da ajuda de ninguém.

– O papai não é como você pensa que é. Ele foi atrás de ajuda. E se dedicou muito para ajudar a descobrir qual era a doença que você e os outros moradores tinham. Além disso, até aprendeu a dançar...

Maria ouviu atentamente, sem nada responder.

Toby tinha esperanças de que, após saber do empenho de José enquanto esteve doente, Maria pudesse se render aos seus sentimentos. Mas ela continuava a ignorar José e tudo o que ele fizera.

O garoto acariciava a cabeça da mãe e cantava uma suave canção, quando alguém bateu à porta. Eram Oliver e Anedotas.

– Eu vim agradecer ao seu pai – falou o palhaço. – Ele ajudou a salvar os doentes da cidade. Pelo empenho dele, pude perceber que só depende de mim que eu volte a ser alegre e possa levar o riso às pessoas. Por favor, sei que ele não se encontra, mas diga-lhe que sou eternamente grato.

Maria ouviu atentamente Anedotas. Suas palavras confirmavam as atitudes de José.

O palhaço continuou a dizer:

– Também quero agradecer a você, Toby. O que você fez pelos órfãos entrará para a história daqui e de todos os sonhos do mundo! Você é um herói para nós. Tenho certeza de que nossas vidas irão melhorar e que meu sonho de ter uma família pode se tornar realidade um dia!

– Claro que sim! – disse Toby.

Eles se abraçaram e Maria sorriu com as peripécias de Anedotas, que voltara a ser um alegre e divertido palhaço, muito diferente do dia em que Oliver o encontrou doente e caído sob a chuva que transbordava pela rua.

– Ainda não entendi por que seu pai quis voltar às colinas, Toby – falou Oliver.

– Do que você está falando?

– Eu o vi tomando aquela direção – explicou o amigo. – E o coração dele me contou.

Toby não pôde acreditar. De fato, não via José há algumas horas, mas jamais pensou que o pai pudesse renunciar ao cargo também. Aquilo foi demais para o seu coração.

No instante em que o mundo parecia desabar e ele não sabia o que fazer, Maria disse:

– Vá buscá-lo.

– O quê? – perguntou Toby, pensando não ter compreendido.

– Vá buscar o seu pai – repetiu a mulher. – Diga que eu... Que eu... Que eu gostaria que ele voltasse para casa.

Sem dizer mais uma palavra sequer, Toby buscou Cotton, subiu no dorso do animal – que, embora pequeno, era ideal para o seu tamanho – e ambos cavalgaram o mais rápido que puderam em direção às colinas.

Algumas horas depois, Toby retornou ao casebre. Entrou vagarosamente e encontrou Maria sozinha, sentada na cama. Aparentemente, ela estava ansiosa por notícias.

– Não deu tempo mamãe – falou Toby. – Cotton foi o mais rápido que pôde, mas o papai já tinha subido. Não há mais nada que possamos fazer.

– Foi culpa minha, eu errei mais uma vez! Como é possível que alguém cometa tantos erros? – chorava Maria.

– Mas, mamãe, você ama o papai?

– Eu... Não sei. Gostaria de conversar com ele, agradecê-lo pelo que fez.

– Então, pode agradecer – falou Toby.

– Como? – indagou Maria.

– Eu menti. Desculpe-me. Ele ainda não havia subido. Estava aos pés das colinas, pensando em sua decisão. E está ansioso para lhe dar um abraço!

Naquele instante, José entrou no casebre e abraçou a mulher com toda a força que podia. Ele a apertou contra seu peito, sentindo o pulsar de seus corações em conjunto.

*Finalmente.* Envolveram também Toby em um gostoso e demorado abraço de família.

Foi um momento que durou para sempre e que trouxe para Toby a certeza de que não importavam as tempestades que teriam que enfrentar, pois estavam juntos e sempre achariam uma forma de deixar entrar a luz do sol. Eles eram uma família.

Sentindo as lágrimas escorrendo pela face, o menino se distanciou, deixando que os dois conversassem. Os pais precisavam daquele acerto.

Aquele era o dia mais feliz da vida de Toby.

– O papai realmente é perfeito – ele sussurrou para Cotton. – Descobriu a doença da mamãe e conseguiu o seu amor. Não há nada no mundo que ele não consiga.

Toby e o pônei saíram do casebre, deixando-os a sós para que se entendessem, e foram caminhar à beira-mar. As ondas estavam suaves e a lua brilhava no alto. A brisa mansa atingia o peito do garoto com voracidade, enquanto o som do oceano formava uma orquestra celestial.

Tudo era lindo. Tudo estava em paz.

Na manhã seguinte, alguém tornou a bater à porta do casebre que se situava num abraço preguiçoso do mar.

Toby abriu a porta e, surpreso, disse:

– Prefeito! Eu ia hoje visitá-lo.

– Eu previ que faria isso – respondeu Arturzinho –, mas pensei que seria mais digno de minha parte se eu viesse primeiro.

– Não compreendo – falou Toby.

– O que você fez por nossa cidade foi um ato de heroísmo e não será nunca mais esquecido – disse o prefeito. – Eu fiz questão de vir pessoalmente agradecê-lo e para lhe entregar isto.

Arturzinho estendeu um envelope lacrado para Toby.

O menino abriu-o imediatamente, leu o papel que estava em seu interior e, com as mãos trêmulas, falou para que todos no casebre ouvissem:

– Mamãe, é uma concessão especial! Você é oficialmente a minha mãe! Aqui diz que por causa dos serviços especiais que prestei à Cidade dos Sonhos, o prefeito e seus assessores têm o prazer de atender ao meu pedido e permitir que minha mãe seja perdoada pelo ato de subir às colinas!

Eles se abraçaram e choraram. Foi uma grande alegria para Toby, Maria, José, e também para Cotton. O sol estava decididamente habitando seus corações outra vez. Mas as novidades de Arturzinho não paravam por ali. Após se acalmarem, ele continuou a dizer:

– Como vocês sabem, por aqui não contamos o tempo. Porém, temos a exata noção de quando é hora de parar ou continuar com algo. Assim sendo, sinto que é chegado o momento de eu encerrar meu mandato. Apenas meus funcionários e amigos mais próximos estão sabendo, mas logo farei um comício para apresentar minha decisão aos moradores.

– Tem certeza? – questionou Toby. – Você é um prefeito maravilhoso! Se não fossem o seu caráter, a sua bondade e a sua energia, não teríamos sobrevivido ao caos.

– Suas palavras são muito bondosas, Toby, mas eu já tomei minha decisão. E, inclusive, gostaria de fazer um pedido especial a você.

– Pode pedir.

– Eu gostaria de propor que você seja o nosso novo prefeito.

– Propor? Eu não teria que ser candidato e passar por uma eleição? – questionou Toby.

– É consenso geral que você assuma o cargo. O que me diz?

– Sinto-me imensamente honrado – falou o menino –, mas agora que tenho minha família, quero dedicar-me a ela e ao meu sonho: ser um poeta. Não posso aceitar sua oferta, embora esteja extremamente feliz e lisonjeado. Porém, quero indicar alguém para o cargo.

– Qualquer indicação sua será muito bem recebida pela população. – falou o prefeito. Então, virando-se para José, Arturzinho disse: – Também devo um agradecimento especial a você, por ter encontrado a cura para a doença que atormentou nossos cidadãos e ajudou a nos trazer de volta a paz e a alegria. O que posso fazer por você?

– Na luta para conquistar minha mulher e descobrir a cura de sua doença, e vendo o plano de meu filho, conheci muitas pessoas e histórias – falou José. – Meu pedido é que seja criada uma lei para se abolir o termo órfãos eternos, sendo que quem insistir em utilizá-lo deve ser multado. Eu sei, é apenas um termo, mas é o reflexo da discriminação e da desigualdade social, aprendi isso assistindo a muitas cenas e histórias de preconceito.

– Essa será a última lei que farei como prefeito. Irei apresentá-la à população no momento em que disser que estou saindo do cargo.

– Obrigado, prefeito – falou José. – Todos devem ser tratados como iguais para que nossa cidade seja realmente dos sonhos!

Assim como as ondas que se quebravam na praia instante após instante ao redor da casa de Toby, o tempo vinha deslizando e trazendo boas novas.

Maria estava completamente curada, graças aos carinhos e mimos do esposo e do filho. A tristeza havia sido erradicada da Cidade dos Sonhos. O casarão dos rebeldes fora pintado de branco e as suas cortinas, removidas. O prédio agora servia como uma enorme sede da instituição pró-adoção, que estava restaurada.

Inclusive, a adoção era cada vez mais estimulada e difundida, com vários dos ex-rebeldes trabalhando a seu favor após adotarem ou ser adotados e vivenciarem as maravilhas de ter uma família. Um exemplo disso era Estela. Ela já não parecia a mulher que marcara o peito de Toby com brasa.

As correntes que antes prendiam as canelas dos prisioneiros do casarão e as mantas que os rebeldes vestiam foram destruídas e eliminadas. As crianças voltaram a subir as colinas e a deixar que seus corações escolhessem os pais.

O orfanato dos rebeldes continuou a existir, mas, aos poucos, as mentes estavam se abrindo. As cirurgias e os treinamentos perderam força e é possível afirmar que, com o tempo, será um orfanato como qualquer outro.

O tempo é o grande senhor dos destinos e das mudanças. Com a força e a vontade dos cidadãos tudo pode mudar.

O comércio foi totalmente reaberto, em um dia de muita festa. As lojas de picolés, os cinemas, os ursos gigantes nas calçadas, as cores, os risos, os palhaços a distribuir balas e alegria pelas ruas. As apresentações do coral na Praça dos Anjos, os coelhinhos a cuidar dos jardins. As coisas voltaram a ser como antes.

As lojas de carinho e as máquinas de histórias da vovó tornaram a permanecer abertas todos os dias, em todas as horas. Mas a procura já não era tão grande. Com o estímulo à formação de famílias, os carinhos de verdade estavam sendo mais utilizados que os de aluguel.

Um fato curioso era observar como o brilho do sol tinha se intensificado ainda mais. Era um brilho claro, mas fortemente penetrante. Agora ele brilhava com a mesma proporção sobre a cidade inteira. Já não havia sombras pairando sobre as colinas. A luz brilhava forte por todos os cantos, sendo sempre bem recebida pelos corações.

A lua também atingia um apogeu estonteante a cada noite, envolta por um tapete de estrelas que cobria o oceano, as colinas, a região toda. Era um paraíso para se viver.

A chuva, às vezes, dava o ar da graça. Ela já não era uma inimiga, mas sim havia se tornado uma visitante especial. Os moradores passaram a encará-la não mais como um pranto dos céus, mas como uma energia boa para se renovar a vida. Ela caía de forma diferente. Não era como a chuva que acompanhara o caos anterior.

Era sempre uma garoa mansa e gostosa que passava ligeira, abrindo espaço para algo nunca antes visto: o arco-íris!

Tudo era lindo de se ver.

Os pais órfãos continuavam vivendo nas colinas, mas elas passaram a ser um local muito mais alegre e repleto de crianças visitantes.

Os órfãos eternos não mais existiam e voluntários passaram a desempenhar suas antigas funções, sempre rotativamente. Dessa forma, cada um deles teria para sempre a chance de ser adotado e, portanto, nenhum órfão deixaria de formar uma família. Não importava o tempo que demoraria, todos seriam pais.

Os órfãos eram pais em sua essência, apenas sem ter tido ainda a chance de desempenhar suas funções. Mas eles eram pais em seus corações e em suas almas, desde sempre. Se a situação fosse inversa e as crianças que vivessem em orfanatos, elas não deixariam de ser crianças. Mesmo vivendo em orfanatos, cada criança ainda teria o brilho da infância dentro de si, o amor de filho, o sonho da família. Mas, claro, isso é apenas uma hipótese. Sabemos muito bem que na Cidade dos Sonhos os órfãos são os adultos. São os pais.

Em meio a tantas alegrias, os moradores ficaram tristes quando Arturzinho disse que estava deixando sua função. Sob muitos aplausos, ele instituiu a nova lei que abolia o termo órfão eterno (com uma multa de toneladas de bananadas), como José solicitara.

Em seguida, anunciou que, seguindo a sugestão de Toby, a nova prefeita era uma mulher antigamente chamada de órfã eterna, e que foi aceita prontamente.

Rosa assumiu o cargo em uma bela cerimônia no coreto da Praça dos Anjos, cercada por coelhinhos brancos, flores perfumadas e árvores coloridas.

Logo no início de seu mandato, o que a preocupava era que, apesar da multa para quem usasse termos preconceituosos e do grande incentivo à adoção, as pessoas ainda possuíam o sol dourado no peito, no caso dos órfãos eternos, e o sol vermelho, no caso dos antigos rebeldes, o que era uma forma de segregação. Toby era um deles.

Entretanto, Rosa teve sabedoria e dedicação para perceber que alguns dos sóis estavam mais claros do que outros. Ela passou dias observando. Alguns estavam à beira de desaparecer por completo. Seria possível?

Aqueles sóis estavam cravados no peito dos cidadãos de forma eterna. Tanto os sóis dourados, que surgiam naturalmente, como os sóis vermelhos, gravados com brasa – como o de Toby – e marcados com uma tinta permanente, antes utilizada pelos rebeldes. Nada seria capaz de removê-los. Pelo menos, era o que se pensava.

Mas havia algo. Apenas uma coisa poderia apagar aquelas marcas profundas, e Rosa teve a simplicidade para compreender. Sendo assim, instituiu a Cerimônia do Perdão.

A cidade inteira estava presente na Praça dos Anjos e em seus arredores. A população foi prestigiar a cerimônia proposta pela nova prefeita.

Rosa subiu no coreto e falou com ênfase, para ser bem ouvida:

– Todos nós somos capazes de errar. Já erramos muitas vezes e ainda iremos errar tantas outras. Com cada erro deve vir um aprendizado. A maior e mais valiosa lição que se tira de uma falha é o perdão. O perdão a nós pelos nossos erros, e o perdão a quem pode nos ter prejudicado. Em meio ao sofrimento e à injustiça que nossa cidade viveu recentemente, muitos moradores erraram ainda mais. Testemunhamos um erro coletivo. Como nova prefeita, considero aberta, neste instante, a Cerimônia do Perdão, para que nossos erros gerem acertos. Afinal, como um amigo costuma dizer: todos temos o bem e o mal dentro de nós.

Os cidadãos aplaudiram entusiasticamente.

Pouco a pouco, os ex-rebeldes foram tomando posição no centro da praça e expondo os sóis gravados em sua pele, cujos raios subiam por seus pescoços.

Oliver, o otimista e sensível amigo de Toby, subiu ao palco, dizendo palavras de incentivo ao perdão. Cada um dos cidadãos com o sol vermelho no peito foi sentindo o perdão nascer dentro de si. O perdão que desprendia de dentro deles e o perdão que emanava de cada um dos que assistiam.

Aquele perdão era como a luz do sol. Esquentava seus corações e, aos poucos, eliminava cada rastro das tatuagens e marcações, antes ditas eternas. Não há nada eterno para o perdão, além dele próprio. Não há nada que ele não possa suavizar.

Os que estavam mais arrependidos e se perdoaram mais intensamente tiveram os sóis completamente eliminados, como Toby. Já aqueles que ainda relutavam tiveram os sóis clareados. Para alguns, o sol vermelho iria clarear aos poucos, mas um dia sumiria por completo. Quanto a isso, Rosa não tinha dúvidas. Sua ideia de realizar a cerimônia não poderia ter sido mais certeira.

Então, chegou a vez dos ex-órfãos eternos.

Eles também assumiram posição central na praça e sob o discurso animado de Oliver, que ouviu seus corações, literalmente, também viram os sóis dourados desaparecer, como no caso de Maria, Anedotas, Lineu e tantos outros.

Oliver enfatizou que, para eles, a situação era um pouco diferente, pois o mais importante era que perdoassem a sociedade, como um todo, que os havia excluído, humilhado, tratado com desigualdade e preconceito. Alguns sóis dourados também levariam mais tempo para desaparecer, mas nenhum raio sobraria em morador algum.

Já se fazia visível uma quantidade suficiente de raios no céu. O sol era o mais lindo e intenso do mundo. Era o sol dos sonhos, que agora testemunhava o perdão de seus súditos sorrindo brilhantemente para eles, do alto.

O sol sorria feliz.

Rosa se empenhava ao máximo para trazer ainda mais melhorias à Cidade dos Sonhos. Após o sucesso da Cerimônia do Perdão, ela recomendou o incentivo à formação de famílias maiores. Literalmente. Rosa passou a incentivar a adoção de avós, tios etc.

Assim, a rotatividade dos órfãos foi se tornando maior e as famílias aumentaram de tamanho, o que gerou ainda mais amor e intensificou ainda mais o brilho do sol – como se fosse possível. Muitas novas famílias se formavam a cada dia.

Oliver, finalmente, adotou seus pais: os loucos!

Sim, os antigos rebeldes, que também eram diferentes e especiais como ele, após se redimirem, foram adotados pelo menino, que reconheceu seus corações ao visitá-los nas colinas.

O garoto continuava a ouvir o que os ouvidos dos outros não conseguiam. Mas, com as mentes cada vez mais abertas dos cidadãos, ninguém jamais voltou a chamá-lo de louco, ou os seus pais. Diferentes, sim, mas com os mesmos direitos que qualquer outro morador.

Além disso, Oliver adotou o palhaço Anedotas como tio, e os quatro passaram a formar uma excêntrica e divertida família.

Falando em diferenças, Jaque e seus dois pais eram outro exemplo de família feliz. Os dois homens se amavam e, juntos, cuidavam de Jaqueline com grande empenho e carinho. Ninguém também ousou inferiorizá-los novamente.

Jaqueline estava namorando Caio e, portanto, logo a família deles se uniria. Afinal, este também adotara seus pais – subindo pessoalmente as colinas para escolhê-los, após ter desistido da lista baseada em aparências – e estava muito feliz.

Naomi continuou extremamente satisfeita com seus pais e Enzo conseguiu seu pai de volta (que também havia renunciado ao cargo, assim como fizera Maria). Lineu voltou para sua família e recuperou a fala e a memória, provando que para cada erro deve sempre haver uma segunda chance.

Arturzinho adotou pais e avós e passou a trabalhar como assessor de Rosa, sempre ajudando nos rumos da prefeitura, mas com mais tempo disponível para aproveitar os mimos de sua nova família.

Já no casebre junto ao abraço do mar, sobre as palafitas, viviam felizes Toby, Cotton, Maria e José. Todas as tardes, a família saía para um passeio de canoa e, então, sentava na grama, vendo Cotton pastar.

Quando os pais já estavam adormecidos, Toby ia até a beira da praia e escrevia seus poemas. Ele ainda era um iniciante, mas demasiadamente bom. Estudaria e se empenharia muito para ser o grande poeta da Cidade dos Sonhos.

A brisa noturna do oceano era sua fonte de inspiração, como a lua, as companheiras estrelas e, sobretudo, a canção do mar ao encontrar a areia e o seu teclado.

Durante as tardes, o que inspirava o pequeno poeta era o sol brilhante, que só existia naquela terra formada pelos sonhos, assim como as borboletas e os beija-flores, que rodopiavam felizes no ar. E os tucanos.

Ah, os tucanos. Os mais antigos e sábios moradores de todo aquele sonho, que continuavam a ajudar as crianças em suas decisões e a guardar os portões da cidade, que ninguém sabia encontrar – pois ninguém jamais queria partir.

As aves conselheiras, de fato, tinham menos trabalho agora que as adoções eram mais conscientes e os problemas, menores. Contudo, suas palavras eram sempre bem-vindas e a alegria com que supervisionavam a região – fosse dos céus, dos arbustos ou de seu jardim secreto – nunca poderia deixar de existir.

Toby sorria e acenava para os tucanos sempre que os via passar. Pensava em quantas frutinhas estariam saboreando no santuário em que viviam, tendo mais tempo livre.

Falando nele, outra fonte de inspiração do poeta era o amor que crescia em seu peito.

Brilhava mais do que o sol, revigorava mais do que a chuva e iluminava mais do que uma noite enluarada com um tapete de estrelas.

Era um amor mais forte do que o mar, mais simples do que as flores e mais gracioso do que a dança dos tucanos ao sobrevoar a cidade.

Era o amor que sentia por seus pais.

E era lindo.

Lindo de se ver (e de se viver).

# Despedida

*(Ou breves notas sobre o nascer de um novo sol.)*

Nasce mais um dia para todos nós.

Assim como a narrativa, a noite chega ao fim, minha amiga e cenário do meu contar de histórias. Junto de um novo dia, nasce o sol e encontra-me a conversar com você sobre a vida de Toby e dos moradores da Cidade dos Sonhos.

Penso em minha história. Eu confio em meu coração quando diz que um dia serei escolhida, levada para casa e chamado de *filha*.

Meu desejo é também ter uma família.

Sim, sou uma garota que vive em um orfanato, sou a narradora da história de Toby. Afinal, foi a partir dos meus sonhos e de todas as crianças órfãs ao redor do mundo que a Cidade dos Sonhos surgiu, e é a partir de nossos desejos mais íntimos de termos uma família que ela é sustentada, sem nunca ter um fim.

Sou uma criança como qualquer outra.

Corro e brinco nos arredores do orfanato onde vivo, no interior de Minas Gerais.

O meu nome? Ainda não me lembro, desculpe-me.

Creio que me perdi por entre as linhas que acabo de traçar, das memórias dos sonhos que eu mesmo colori.

Escrevo agora debruçada sobre o parapeito da janela de meu pequeno quarto.

Veja! É minha amiga libélula! Ela acaba de alçar voo, ganhando os ares do novo dia.

Obrigada, companheira minha! Você me protegeu e me inspirou durante cada palavra.

Acabo acreditando que as lendas a respeito da sorte e da proteção trazidas pelas libélulas são reais. E se não forem? Pouco importa. Eu acredito nos sonhos, no irreal.

E, por isso, afirmo que a Cidade dos Sonhos irá para sempre existir.

Neste momento, o sol forte nasce lá também. Um novo dia começa para Toby, seus amigos e sua família. Ele e Cotton juntam-se aos outros moradores que se reuniram na beira do mar para ver um espetáculo ao som mágico das ondas.

É uma linda apresentação de dança, realizada na areia, por Maria e José – ele cumpriu o seu plano e se tornou o melhor dançarino que a Cidade dos Sonhos já viu.

Eles parecem perfeitos. Perfeitos um para o outro. Perfeitos para Toby e Cotton.

Uma família, entrelaçada para sempre, em um ciclo sem fim.

Maria e José viveram, vivem e viverão para sempre uma linda história de amor que venceu preconceitos e abriu mentes. Quantas histórias assim estarão acontecendo neste exato instante? Quantas ainda acontecerão? Nós somos, para sempre, protagonistas de nossas histórias e de nossos sonhos, concorda?

Eles dançam suavemente, encantando a todos nesta manhã.

É uma dança linda de se ver.

Contagia e brilha.

Enfim, deixa a luz do sol entrar.